図書館版

ふしぎな図書館とてごわい神話

ストーリーマスターズ ④

作／廣嶋 玲子　絵／江口 夏実

講談社

目次

世界の図書館

この世界のありとあらゆる物語が集められているふしぎな図書館。その大きさははかりしれない。それぞれの本の世界を守る図書館司書は、ストーリーマスターと呼ばれている。その正体は、物語の作者たち？

ストーリーマスターズ

グリム兄弟

弟

兄

グリムワールドを守護している。

バートン卿

千夜一夜ワールドを守っている。

アンデルセン

世界最大級の数の童話を作った。

宗介

『グリム童話集』の修復ミッションに挑戦。本が好きになってきた！

葵

『千夜一夜物語』の世界に。読書好きで、自信家。

ひなた

明るくて元気。みんなとなかよくしたい！

世界の図書館にようこそ!

みんなが読んでいる本の内容をだれかが変えてしまったらどうする?「なんだかつまらないなあ。」と思うその本、もしかしたら、変えられてしまっているのかも?　魔王グライモンがおもしろいお話をひとりじめするために、世界の名作から、大事な大事な「キーパーツ」を盗んでる。物語がつまらなくなって、人間が本を読まなくなるのをねらっているのだ!　盗まれたキーパーツを探し出し、物語をもとにもどそう! 世界の名作をぜーんぶ守っている「世界の図書館」の司書=ストーリーマスターたちといっしょにミッションにいどむのはきみたちかも?

プロローグ

あめのは天邪鬼だ。

今はフランス人形のように愛らしい女の子の姿をしているが、その正体は人のいやがることをやるのが大好きという、たちの悪い妖怪である。

そして、あめのは最近、魔王グライモンと手を組んでいた。

グライモンの主な悪事は、この世のすべての物語をおさめた世界の図書館から、キーパーツと呼ばれる物語の鍵を盗みだし、食べてしまうことだ。

たいした悪事ではないように見えるかもしれないが、じつは、その被害は計り知れない。キーパーツを盗まれた物語はぐずぐずに壊れ、おもしろくない作品へと変わり果て、人間の世界から想像力を奪ってしまうからだ。

そんなところを気に入って、あめのはグライモンを手伝うことにした。だが、や

プロローグ

がて物足りなさを感じるようになった。グライモンはキーパーツを美味しく食べることが何より大事で、悪事自体はどうも詰めが甘いのだ。

だからある日、あめのはグライモンに申し出た。

「ねえ、グライモンさま。今度はわたしが世界の図書館に挑んでみてもいいですか？」

「ほう、おぬしが？」

「はい。この前のアンデルセンではいいところをお見せできなかったから、今度こそ、わたしがお役に立てるってことを証明したいんです。」

そうではあるまいと、グライモンは心の中で冷静に判断した。

しおらしいことを言っているが、このあめのはまさしく悪意のかたまりで、自分のことしか考えていない。

だが、そこがあめのの魅力だ。魔王の相棒として、これほどふさわしい資質はほかにない。

グライモンは大きくうなずいた。

「よかろう。ならば、今回(こんかい)は予(よ)がおぬしをサポートしてやろうではないか。」

「ありがたき幸(しあわ)せ！」

「うむ。それで？　どの物語(ものがたり)からキーパーツを盗(ぬす)むのじゃ？」

「ねらいはギリシャ神話(しんわ)ワールドです。でも、盗(ぬす)みだすのはキーパーツではないの。」

「何(なに)？」

さすがに驚(おどろ)くグライモンに、にっと、あめのは邪悪(じゃあく)な笑(え)みを浮(う)かべてみせた。

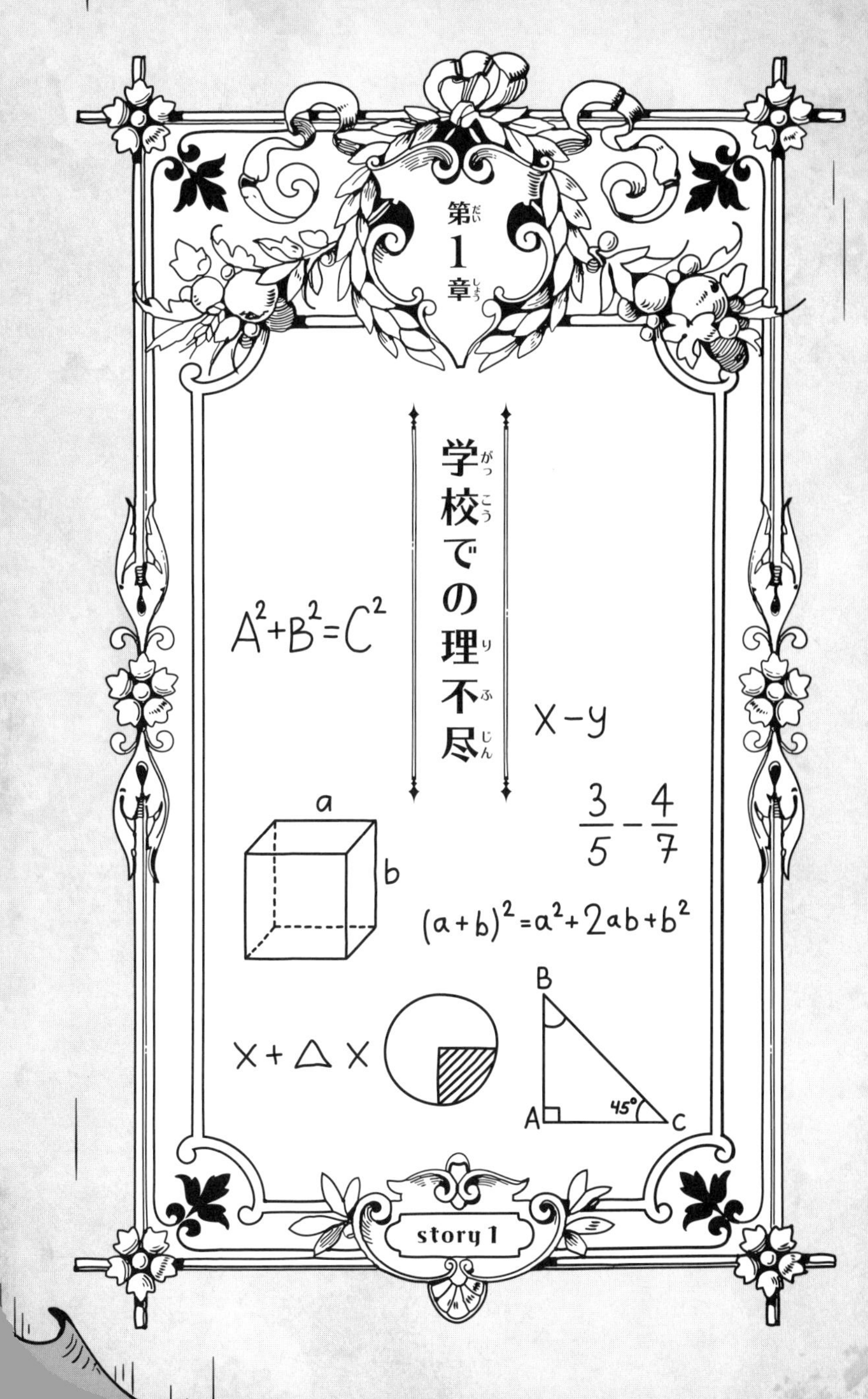
第1章
学校での理不尽
$A^2+B^2=C^2$
X−y
$\frac{3}{5}-\frac{4}{7}$
a
b
$(a+b)^2=a^2+2ab+b^2$
X+△X
B
A
C
45°
story 1

大人は、とても理不尽だ。「いつも正直でいなさい。」と子どもに言うくせに、いざ自分が間違いをしでかした時は、なかなかそれを認めようとしない。

そう。大人は、自分の間違いを指摘されるのが大嫌いなのだ。

そのことを、守は小学4年生の春にいやというほど味わうことになった。

鳥崎守は、いわゆる頭のいい子だった。記憶力が抜群によく、一度見たもの、読んだものは、ほとんど忘れることがない。

おかげで、いつも成績はトップ。クラスメートからは「すごい！」と感心され、先生たちからも「天才かもしれない。」と、かわいがられてきた。

だが、問題もあった。頭がよすぎるため、学校の勉強が逆につまらなくてならないのだ。だから、ついつい、授業中はぼんやりと別のことを考えたり、高校生が読むような数学の本をこっそり読んだりしてしまう。

それに、守は几帳面すぎるところがあった。

本棚の本は、きちんとジャンルごとにわけられていないと気がすまないし、給食のプレートの中で、おかずとごはんがちょっとでも混ざってしまっていると、それだけで食欲が失せてしまう。

とにかく、なんでもきちんとなっていないと、がまんできないのだ。

だから、ある日の算数の授業で、担任の松下先生が間違った答えを黒板に書いたのが見過ごせなかった。

「先生。答えが違います。４じゃなくて、６です。」

守に指摘され、先生はびっくりしたように黒板を見た。その耳がじわりと赤くなり、体がぷるぷるとふるえるのを見て、守だけでなく、クラス中の子どもたちが息をのんだ。

やがて先生はこちらをふりむいた。その顔はお面のように無表情になっていた。目だけを冷ややかに光らせ、先生は守に言った。

「本当ね。さすが鳥崎君。天才だわ。」

言葉ではほめていても、その声には毒のような憎しみがあふれていた。

かたまっている守に、先生はふいににっこり笑った。

「こんなに頭がいいんだもの。もう先生があなたに教える必要なんてないわよね。もう授業中にほかの本を読んだりしていても、止めたりしないから。これからはあなたの自由にすればいいわ。」

そう言って、先生は何事もなかったかのように授業を再開した。

そして、その日から徹底的に守にいやがらせをするようになったのだ。

守が呼びかけても無視し、「あら、鳥崎君、いたの？　ごめんなさい。全然気づかなかったわ。」と、平然と言いはなつ。

かと思えば、採点し終えたテストを返す時、「鳥崎君は98点。あらあら、あなたは天才なんだから、こんな問題、絶対満点じゃなきゃだめでしょ？」と、これみよがしに大声で言う。

先生に嫌われ、守はどうしたらいいかわからなかった。

これまでも、守が正しいことを言うと、いやな顔をする大人たちはいた。だが、こんなにもはっきりと憎しみを向けてきた人はいなかったからだ。

しかも、「先生が嫌う子なら、自分も嫌ってもいい。」とばかりに、クラスメートたちも次々と守をいじめだしたのだ。意味もなく体をぶつけてきたり、足をひっかけてきたり、こちらを見ながらひそひそ話をしたり。

さすがに守はきつくなってきた。

そんな中、いちばんの親友だった岳斗までもが、守に背を向けたのだ。

学校帰り、「どうしてこうなっちゃったんだろう。」となげく守に、岳斗はあきれたように言った。

「守って、勉強はできるけど、ばかなんだな。松下先生、数学のコンテストで3位になったこともあるって、前にじまんしていたじゃん。それなのに、生徒に間違っていますなんて言われたら、先生が恥かくじゃん。」

「でも、あれは先生が答えを間違っていたから……。正直でいろって、いつも言われてきたから、だ、だから……。」

「だから、おまえはばかなんだよ。そんなこともわからないなんて……。おれ、ば

かと友だちでいたくないから、しばらく離れるわ。明日から話しかけてくんなよ。」

「が、岳斗？」

「それに、おまえとつるんでいたら、おれまで先生に目をつけられちゃうもん。」

じゃあなも言わず、岳斗はすたすたと守から離れていった。

ひとり残され、守はただただやるせなさを嚙みしめていた。岳斗はあれこれ言ったけど、たぶん、最後の言葉が本音だろう。

こうして、友だちもいなくなった。もう誰もしゃべりかけてこない。給食を食べる時もひとりだ。

それでも、守はがんばろうと思った。

「ぼくは間違ってない！　間違ってないんだ！　だから、大丈夫！」

必死で言い聞かせ、歯を食いしばって、守は学校に通いつづけた。

そして、その次の算数のテストでは満点を取った。

松下先生はわざとらしく「天才君は満点です！　みなさん、拍手拍手〜！」と言った。

「すごいですねえ。天才君はもう学校なんて来なくたっていいんじゃないかしら？　ね？　みんなはどう思う？」

「賛成でーす！」

「守君に学校は必要ないでーす！」

「ていうか、まじでなんで毎日来てるの？」

「メンタル強いよねえ。」

ゲラゲラとわきおこる笑い声に、守は下を向いた。間違ったことはしていないのに、どうしてこんなにつらいのだろう。こらえきれず、ぼろぼろと涙がこぼれた。

だが、同情してくれる者はいなかった。

「うわ、泣いているよ。うざい。」

「天才でも泣くんだ。意外だよな。」

「みんな、ほら、騒がないの。天才君には天才君ならではの考え方があるの。ほ

うっておいてあげましょう。さ、授業を始めますよ。」

守など存在していないかのように、先生は授業を始めた。それはとても残酷な時間だった。

その翌日の朝、守の身に異変が起きた。どうしてもふとんの中から出られなくなってしまったのだ。体に力が入らなくて、起きあがることさえできない。吐き気がして、頭もおなかもずきずきする。

お母さんに具合が悪いことを伝えたところ、「無理しないで休んだらいいわ。」と言ってもらえた。

今日は学校に行かなくていい。

その瞬間、重くのしかかっていただるさが一気に消えうせた。頭痛も吐き気もうそのようになくなり、守は面食らった。

いったい、これはどういうことだろうか？

考えてもわからなかった。

この日から、守は学校に行けなくなった。

第2章

移動図書館での出会い

story 2

ぱちっと、守はふとんの中で目を覚ました。部屋の中はまだ真っ暗だ。電子時計を見れば、4時半とあった。

まただ。また、こんな時間に目を覚ましてしまった。このところ、毎日だ。もう眠れないとわかっていたので、守は憂鬱な気分で立ちあがり、パジャマから楽なトレーナーに着替えた。そのあとは電気もつけずに、ぼんやりとしていた。

学校に行けなくなって、はや1か月。

家にある本は、もう全部読み尽くしてしまっていた。ゲームはすぐにクリアできてしまうので好きではないし、テレビやネット動画を見るのもあきた。

大好きで居心地のよかった家は、今の

第2章　移動図書館での出会い

守には檻と同じだった。安全だが、息苦しく、やることがなくて退屈な檻。

だが、どんなに息苦しいと思っても、学校に行くことはできなかった。

「明日こそ学校に行こう！」

そう心に決めても、翌朝になると、体がいうことを聞かなくなってしまう。

一度はなんとか家を出て校門のところまで行ったのだが、それ以上は一歩も前に進めなかった。しかも、ここでクラスメートと出くわしてしまい、「あれえ、天才君じゃん。学校になんか用？」と、声をかけられてしまった。その声を聞いたとたん、守は目の前が真っ暗になり、気づけば自分の部屋に舞い戻っていたのだ。

それからは外に出るのも、とてもこわくなってしまった。

毎朝、青ざめた顔をし、おなかが痛いと訴える守を、両親は心配し、病院に連れていってくれた。が、悪いところは見つからなかった。

両親は「どこも悪くないじゃないか！　ずる休みしたいのか！」と怒り、それからまた心配するようになった。

「何か学校であったの？　悩みがあるなら、話して。わたしたちがなんとかしてみ

せるから。」

「そうだ。相談してくれないと、こっちも助けようがないんだ。」

だが、ふたりの気遣いもやさしさも、守には全部わずらわしかった。

先生やクラスメートたちに憎まれていることを、話すつもりはなかった。話したら最後、自分が負けたような、すごくみじめな気分になる気がしたからだ。

「心配しなくたって大丈夫だよ。ちょっとほっておいて。そうすれば、すぐにまた元気になるから。学校にだって、ふつうに行けるようになるって。」

半分は両親に、もう半分は自分に言い聞かせるための言葉だった。

今でも守は、自分は正しいという信念を持っていた。

「先生やみんなが間違っているんだ。そうさ。ぼくは悪くない。だから、お父さんたちの力がなくたって、なんとかできるはずなんだ。」

だが、同時に、学校に行けない自分が恥ずかしくてならなかった。ほかの子たちがふつうにできることが、自分にはできない。これまでみんなからうらやましがられ、もてはやされてきた守にとって、これほどの屈辱はなかった。

どんどん沼に沈んでいくような気持ちになり、守はあわてて頭を振った。

「だめだ！　こんなこと考えるなんて、時間の無駄だ！　……散歩に行くぞ！」

家の中に閉じこもっていると、頭がおかしくなりそうになるので、１日１回は外に出ようと決めていた。

近くのコンビニ。自販機。公園。

目的の場所を決めて、ささっと小走りで向かい、すぐにまた家に戻る。

たったそれだけのことが、今の守にはちょっとしたクエストであった。特に、学校の顔見知りと出くわさないよう、十分に気をつけていた。見知っている人に、絶対に自分の姿を見られたくなかったからだ。

守は時計を見た。朝の５時。今なら、外を出歩いている子はまずいないだろう。人気のない裏道を通っていけば、さらに安全だ。お母さんたちが起きてくるのは７時だから、それまでにちょっと公園を一巡りして、家に戻ってくればいい。

息を吸いこみ、守は足音が立たないように玄関へと向かい、外にすべりでた。

ちょうど日が昇ったばかりで、空気はかなり冷たかった。

守はそそくさと裏道に入った。裏道は誰もおらず、妙な不気味さがあった。しかも、かなり薄暗い。まるで、ここにだけ夜の気配が色濃く残っているかのようだ。だが、守はどんどん進んだ。暗さより、不気味さより、今の守は何より顔見知りの人間がこわかったからだ。

あと少し。あと少しで裏道を抜けられる。そこの歩道橋を渡ってしまえば、公園だ。そうすれば、ミッションはクリア。今日もちゃんとがんばれたことになる。ぼくは負け犬じゃないし、ひきこもりなんかでもないんだ。がんばれ。がんばれ。さまざまなことをとりとめもなく考えながら、守は足を動かした。

だが、その日、守は公園にたどりつくことができなかった。路地の出口のところに、大きなワゴン車が停まっていて、道をふさいでいたのだ。

これでは出られない。引き返すしかないのだろうか。

立ちすくんでいる守の目の前で、ワゴン車のドアが開いて、ひょこっと、同い年くらいの女の子が顔を出してきた。

アイドルみたいにかわいい女の子は、守をまっすぐ見て、こぼれんばかりの笑みを浮かべた。

「あら、うれしい。こんな時間にふらついている子に、こうして出会えるなんて、なんてラッキーなのかしら。ほら、どうぞ入って。グライモン移動図書館が、孤独なあなたにぴったりの本を貸してあげるから。」

知らない子がなれなれしく話しかけてきたことに、守はびっくりした。それに、グライモン移動図書館？　このワゴン車のことだろうか？　ああ、なんか変だ。おかしい。逃げたほうがいいかもしれない。

そう思う一方で、どうしたわけか、すごく心ひかれた。

ちょっとだけ。ちょっとだけだから。

まるで魔法をかけられたかのように、守はワゴン車の中に入っていった。

そして……。

「あ、あれ？」

ふと気づけば、守は自分の部屋の中にいた。いつのまに帰ってきたのだろう？　というより、自分は何をしていたんだろう？　記憶力には自信があるのに、なんだか頭の奥がぼやけてしまっている。

とまどいながら、1つずつ思いだしていくことにした。公園に行こうと、裏道を歩いていたことは覚えている。出口のところにワゴン車が停まっていて、出られなくなったことも。

そのワゴン車には、きれいな女の子がいて、中に入ってと言ってきた。入ってみると、中は改造されていて、小さな部屋みたいな空間になっていた。運転席には、大柄な太ったおじさんがすわっていて、ちらりとこちらを振り返ってきた。とぼけた顔つきをしているのに、妙に迫力があった。それに、気のせいだと思うが、目がぎらっと金色に光って見えた。

あと、転びでもしたのか、おじさんは全身傷だらけで、体のあちこちに湿布や絆創膏をはっていた。女の子も同じで、両手を包帯でぐるぐる巻きにしていた。

いや、そんなことより、女の子が何か大切なことを言っていたような。

「……移動図書館。そうだ。この車はグライモン移動図書館だって、あの子は言っていたっけ。」

だが、図書館だと言っておきながら、車の中に本は1冊しかなかった。しかも、小さな丸いテーブルの上に置かれたその本は、細くて黒い鎖でぎっちぎちに固定されていた。

まるで本そのものが逃げださないように縛ってあるみたいだったな。

そう思ったところで、守ははっとした。自分が、見慣れぬ本を持っていることに気づいたのだ。

事典のように分厚い本だった。表紙もとても豪華で、濃い群青色の地に銀と金の星模様がたくさん刻みこまれていて、

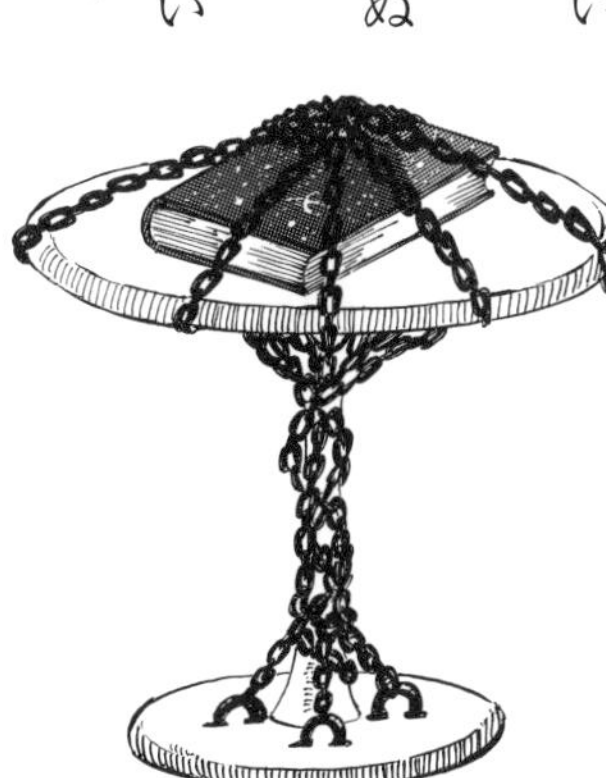

まるで星空でできているかのようだ。

タイトルは『ギリシャ神話』だった。

「あっ！　お、思いだした！」

これはあの本だ。移動図書館の中にあった、縛られていた本だ。あのきれいな女の子が、「これがおすすめよ。」と言って、鎖をカギではずして、渡してきたのだ。おまけに不思議なことを言ってきた。

「あなた、名前は？　そう。鳥崎守っていうのね。ねえ、守君。本当のことを言うとね、わたしたち、あなたみたいな子どもが来てくれるのを待っていたのよ。」

「ぼ、ぼくみたいな子って？」

「孤独な魂の持ち主。」

女の子はどきりとするようなまなざしで、守を見つめてきた。

「こんな朝の早い時間に、あんな薄暗い裏道を歩かなくちゃいけないほど心に孤独と悩みをかかえた子ども。そういう子を求めていたの。つまり、あなたはわたしたちがさがしていた英雄ってこと。」

女の子の声は蜜のように甘く、その言葉の一言一言に守の心は高鳴った。

さがしていたって、ぼくを？　ぼくが英雄？　……それって、なんかうれしい！

夢見心地になる守に、女の子は甘ったるい調子で言葉を続けた。

「ねえ、守君、頼みたいことがあるの。この本の物語って、じつはすごくめちゃくちゃで、理不尽なことばかりなの。あなたから見て、どこがおかしいか、チェックを入れていってくれないかしら？」

「チェック？　え、本に？」

「そう。で、自分だったらこうするのにっていうアイディアを、どんどんページの余白に書きこんでいってほしいの。ほら、このペンを使って。」
そう言って、女の子は

1本のボールペンを渡してきた。持ってみると、かなり重くて、しかもざりざりという手触りがした。目をこらしてみれば、全体が細かな灰色の鱗でおおわれているではないか。

「変わったペンだね。」

「ええ、とても特別なものなのよ。何しろ、このペンのインクは、あとから消すことができるの。というわけで、気にしないで、どんどん書いて。読めばわかると思うんだけど、この本、ほんとにひどいんだから。絶対直さなくちゃいけないものなの。守君ならできると思うの。ね？　お願い。」

誰かにお願いごとをされるのも、頼りにされるのも、守にとってはひさしぶりのことだった。しかも、こんなかわいい子に、こんなすがりつくような目をされてしまったら、断れるわけがない。

「そうだ。……ぼくは、引き受けたんだ。あの子……あめのと約束したんだ。」

あめのはいたずらっぽく笑いながら、「本を直したら、また持ってきてね。」と言っていた。つまり、これを直したら、またあの子に会えるってことだ。

守はふいにわくわくした気分になった。何かを楽しみに思うのは、これまたひさしぶりだ。それに、やることができたというのも、すごくありがたい。

守は嬉々として『ギリシャ神話』のページを開いてみた。じつを言うと、『ギリシャ神話』をしっかり読むのはこれが初めてだ。

まずはざっと目を通してみることにした。

20分ほどで読み終えたが、その時には守はあきれはてていた。

「なんだよ、これ！　ほんと、めちゃくちゃじゃないか！」

本には短編のエピソードがたくさんおさめられていたが、そのほとんどが守には納得がいかないものだった。

まずキャラクターだ。『ギリシャ神話』というタイトルどおり、ギリシャの神々が何人も登場する。が、その神々がどうにもひどいやつらばかりなのだ。

いちばんえらい神さまはゼウスというのだが、結婚しているくせに、あちこちに恋人を作って、子どもを産ませてしまう。

ゼウスの妻ヘラは、いつもそのことに怒っていて、ゼウスの恋人や子どもにむご

い仕打ちをする。熊に変身させたり、赤ちゃんのゆりかごに毒蛇を送りこんだり。

ほかの神さまたちも、どっこいどっこいだ。芸術の神アポロンは、自分の竪琴にはりあおうとしたマルシュアスを殺してしまうし、酒の神ディオニソスは自分を信じない人々の正気を奪ったりする。とにかく残酷で、容赦がない感じだ。

物語の中には、人間の英雄たちもたくさん登場するが、彼らが危険な冒険に出なくてはいけなくなるのも、たいていが神さまの気まぐれや傲慢さからだ。

守にしてみれば、本当に許せないことだらけだった。

「うん。あめのが直してほしいっていうのも、あたりまえだよ。えっと、まずはここを変えて……うん。こうしてやれば、うまくハッピーエンドになるはずだ。」

守はどんどんページの余白に自分のアイディアを書きこんでいった。

1つだけ、やっかいなことがあった。あめのから渡されたペンからは、灰色がかったインクがどくどく出てきて、紙にどんどんにじんでしまうのだ。妙な臭いもするし、なんだか本を汚しているようで、気になった。

「でも、このインクは消せるって言っていたし、ま、いっか。うわっ、手についた。なんか、ベタベタしててやだなあ。」

そうして、最後までやりきった時には、1時間がたっていた。

「うん。けっこうアイディアを出したな。……あめの、気に入ってくれるかな？」

守は『ギリシャ神話』とペンを机に置いて、立ちあがった。

ずっとペンを動かしていたので、さすがに右手が痛くなっていた。それにおなかもぺこぺこだ。お母さんが起きてくるまで、ビスケットでもつまもうかな。

そんなことを考えながら台所に向かおうとした時だ。

「なんつぅことをしてくれたんじゃい、このばか者がぁ！」

しわがれた声がとどろき、守は強い力でうしろに引き倒された。

第3章 イッテンとムーサたち

story 3

「わっ！　な、なんだ？」

しりもちをついた守は、うしろを振り向き、また「わっ！」と叫んでしまった。

うしろには痩せてもしゃもしゃとした灰色の猫がいて、ものすごい顔をしてこちらをにらんでいたのだ。その金色の目はまるでレーザーのようで、守は動けなくなってしまった。

なぜ？　なぜ家の中にこんな猫が？

だが、そんな驚きはまだまだ序の口だった。この猫はなんと、人間の言葉で守をしかりつけてきたのである。

「まったく！　おぬしのせいでギリシャ神話ワールドがめちゃくちゃじゃ！　大変なことをしでかしてくれたな、鳥崎守！」

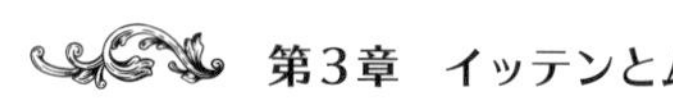

第3章　イッテンとムーサたち

「え？　ぼくを知って……え、猫がしゃべった……。夢？　あ、夢、だよね。」

なんとか自分を納得させようとする守に、猫はまわりを見ろと言ってきた。

言われたとおりにした守は、絶句してしまった。自分の小さな部屋にいたはずなのに、だだっ広い広間にすわりこんでいたからだ。

見たこともない広間だった。天井は高く、四方の壁は本棚となっていて、書物がずらりと並んでいる。

また、この広間には見事な大理石の彫刻があちこちに飾られていた。女の人の彫像で、全部で9体あり、竪琴や仮面などを持って、ポーズを取っている。

とにかく、ここが守の家ではないことはたしかだった。そして、たぶん、夢でもない。なぜなら、大理石の床の冷たさも、目の前にいる老いた猫の息遣いも、はっきりと現実味をおびているのだから。

「どうじゃ？　これでもまだ夢だと思うかね？」

「こ、ここは……どこ？」

「あらゆる物語をおさめた世界の図書館の一角、ギリシャ神話コーナーじゃ。」

「そ、そうなんだ。」

「そうなのじゃ。そして、わしはここの守護者、イッテンじゃ。」

じまんそうに胸を張るイッテン。

だが、守は顔をしかめそうになった。イッテンのえらそうな態度が気に障ったからではない。ひどい臭いが鼻をついてきたからだ。

生ゴミをさらにじわじわと腐らせていっているような悪臭だ。図書館だというのが本当なら、なぜこんなに臭いのだろう。

もう一度見まわしてみれば、本棚のあちこちからヘドロのようなものがしみだしていた。あれが、悪臭の原因だろうか？　本が溶けているようにも見えるが、そんなこと、ありえるだろうか？

と、本棚のあちこちから、光の粒がぱっとこちらに飛んできた。よく見れば、それは10センチほどの大きさの、妖精のような女の人たちだった。3人いる。

ひらひらと優雅な衣をまとった小さな女の人たちは、イッテンのまわりを飛び交いながら、口々に叫んできた。

「ああ、イッテン殿！　もうだめです！　わたしたちではおさえきれません！」

「早くブックを取り戻して、ワールドの中から直していかなくては！」

「ブックは見つけたと言っていましたよね？　どこですか？」

「安心せい。ちゃんと取り戻してきたわい。じゃが、問題があっての。」

「今だって大変だっていうのに、この上まだ問題があるというのですか！」

「ああ、メルポメネー、そのとおりじゃよ。見てみぃ。」

ぶんっと、イッテンはぼさぼさのしっぽを一振りした。すると、床に1冊の本が現れた。

それは守があめのから渡された『ギリシャ神話』だった。だが、どうしてだろうか。前は美しい群青色だったのに、今はひどく重苦しい灰色に変わっており、きらめいていた星模様も消えてしまっている。

きゃあああっと、小さな女の人たちが絹を裂くような悲鳴をあげた。

「まあ、なんてこと！　グライモンのよだれの臭いがぷんぷんするわ！」

「なんと恥知らずな！　ブックをよだれで穢すなんて！」

「悲劇だわ！　これこそまさしく、真の悲劇よ！」

「イッテン殿、どうしましょう？　これではとても触れません。触ったが最後、わたしたちまで汚染されて、あやつの意のままにされてしまうでしょう。」

パニックを起こしている女の人たちに、イッテンはなだめるように言った。

「わかっておる。だから、この守を連れてきたのじゃ。物語を壊したのはこの子。ならば、この子自身の手によって、間違いを正してもらうとしよう。」

ばっと、女の人たちが守を振り返ってきた。その険しい目つき、そして何より、イッテンの言葉に、守はかっと頭に血が上った。

「ぼくは失敗なんかしない！　ま、間違ったりなんかしない！」

「でも、このブックに何かしたのでしょう？」

「そうなんでしょう？」

とげとげしい口調で言われ、守はあせりながらも言い返した。

「物語の変なところをチェックしただけだよ。だ、だって、ひどい物語ばかりだったから。もっといい感じになるようにって、頭に浮かんできたアイディアを余白に書いたんだ。そうしろって、頼まれたんだ。ぼくは頼まれたことをやっただけだよ。間違ったことはしてないってば。」

だが、守の言い訳に、イッテンと女の人たちは絶望したようにため息をついた。

「なるほど。理解しましたよ。今回のギリシャ神話ワールドの崩壊の激しさは、これが原因だったわけですね。このために、グライモンはわざわざ危険をおかしてまで、ブックをまるごと盗んでいったんですわ。」

「これまで何百回となく、あの魔王は世界の図書館に忍びこんでは、物語のキーパーツをかじりとっていったものです。でも、直接ブックを奪いとるなんてことは、これまではしなかった。グライモンはよく知っていましたからね。この世界の図書館から無断でブックを持ちだした者には、罰の呪いが発動する、と。」

「そうよね。今ごろ、あいつ、全身ズタボロになっているはずよ。あいつと一緒にいた天邪鬼もね。……でも、こっちの被害もひどいから、引き分けかしら。ああ、でも、なぜなの？　ブックを盗んだのは、ごっそりキーパーツを奪いとるためだと思っていたのに。まさか、こんな方法で物語を破壊してくるなんて！　しかも、人

間の子を利用するなんて！」

「おそらく、この計画を思いついたのは、あめのという天邪鬼であろうよ。多少の痛みはがまんして、たっぷり獲物を手に入れようじゃないかと、グライモンをそそのかしたに違いない。そして、ムーサ襲撃にも力を貸した。まったく。とんでもないやつじゃ。じゃが、こうしてブックは取り戻せたわけだし、まだなんとか間に合うじゃろう。まあ、それも、この守が協力してくれればの話じゃが。」

イッテンの言葉に、女の人たちは目をつりあげた。

「この子に拒否する権利などありません！　何がなんでも協力してもらいますわ！」

「そうですよ！　子どもであろうとなんだろうと、責任は取ってもらいます！」

「さあ、そのブックを手に持って、ページを開きなさい！　そして、勝手に書きこんだ言葉を消していくのです！」

ぶんぶんと、女の人たちはすごい勢いで飛び回り、けたたましく守に叫びかけてきた。守は思わず手ではらいのけながら言った。

「ちょっ！　や、やめてよ！　ハエみたいにたかってこないで！」

「ハ、ハエ！　我らムーサをハエと呼んだのですか！」

「きいいいっ！　なんたる侮辱！」

「笑えないにもほどがあるわ！」

「魔王グライモンの手先のくせに、なんと生意気な！」

きんきんと、金切り声をあびせかけられ、守はたじたじとなった。

そんな守に、イッテンが小声でささやいてきた。

「悪いことは言わん。さっさとあやまったほうがよいぞ。」

「こ、この人たちって、なんなの？」

「彼女たちはムーサじゃ。今はこんなに小さな姿になってしまっておるが、もとも

とはミューズとも呼ばれる芸術の女神たちで、『ギリシャ神話』のストーリーマスターでもある。」

「ストーリーマスター？」

「世界の図書館の司書で、物語を守る者たちのことじゃ。わしらの会話を聞いたことで、だいたいのことはもう理解しているのではないか？　ん？」

意味ありげな口調で問いかけられ、守は少し考えてから、慎重に自分の考えを口に出していった。

「つまり……物語を破壊したがっている魔王グライモンってやつがいて、今回はいつもと違うやり方で攻撃をしかけてきた。ぼくにこの『ギリシャ神話』の本を渡してきたのが、魔王の相棒の天邪鬼で……あと、この本はすごく大切なアイテムってこと？」

そうだと、イッテンは大きくうなずいた。

「なかなかの洞察力ではないか。そう。このブックはギリシャ神話ワールドの心臓とも言えるものじゃ。本来はムーサしか持つことが許されん。このブックさえちゃんとしていれば、そしてストーリーマスターの力があれば、壊れた物語の修復もそうむずかしくはないのじゃ。じゃが、今回はそうもいかん。」

ぎんっと、イッテンのまなざしが一気に厳しいものとなった。燃えあがる炎のような黄金の目に、守は体が焼き尽くされるような心地がした。

「なぜなら、ほかならぬおぬしが、グライモンの悪事に手を貸してしまったからじゃ。やつのよだれで、自分のアイディアをブックに書きこんでしまった。」

「よ、よだれって、なんのことさ！　そんな気持ち悪いもの、使ったりしないよ！」

「いや、おぬしは使ったのじゃ。……やつらから、ペンか万年筆を渡されはしなかったか？」

守はぎくりとした。あめのから渡された奇妙なボールペン。鱗だらけで、じわじわと変な臭いのインクがしみだしてきたやつ。もしかして、あれのことか？

うげえっと、守は急いで右手をごしごしこすった。使った時に、インクが少し手についてしまったことを思いだしたのだ。

「心当たりはあるようじゃな。そうじゃ。それにはグライモンのよだれがつまっておったのよ。おかげで、ギリシャ神話ワールドはおぬしの考えた物語、本来とはまったく違う物語であふれてしまっておる。こうなってしまっては、ムーサにはブックを扱えん。おぬしが、間違いを正さねばならんのじゃ。」

「だから！　ぼくは間違ってない！」

そう言われるのは、がまんできないくらい腹が立つことだった。絶対に認めるものかと、守はイッテンをにらみ返した。

「た、たしかに、ぼくはブックにアイディアを書いたよ。でも、それがいいことだと思ったからだ。あの女の子が悪いやつだなんて、全然知らなかったわけだし！それにね、もし本当に、ぼくが出したアイディアどおりになってるなら、物語はずっとよくなってるはずだよ。だって、もともとの『ギリシャ神話』って、どれもこれもろくでもなかったもん！」

ぴたっと、騒いでいたムーサたちが黙りこんだ。彼女たちの目には、これまでになかった軽蔑と怒りが浮かんでいた。

「聞いた、今の言葉？」

「なんてことを言うのかしらねえ。何千年と伝えられてきた物語を、ろくでもないだなんて。」

「とんでもない悪童だこと。さすがはグライモンに見こまれるだけはありますね。」

ひそひそと聞こえてくるささやきに、守はぎゅっと歯を食いしばった。

あやまるものか。負けるものか。ぼくは正しい。間違ってない。

と、イッテンがひげをなでながらムーサたちに言った。

「やれやれ、こりゃまたやっかいな子じゃの。どうする、ムーサたちよ？」

「どうもこうも……論より証拠。百聞は一見にしかず。自分がやらかしたことをその目に見せるのが、いちばんだと思いますわ。」

「わたしも同感だわ、ポリュムニアー。」

「わたしも。」

「では、そうしてもらおう。悪いが、おぬしらはついていってやってくれい。」

「もちろんですわ。」

「この子がこれ以上道を踏み外さないよう、わたしたち、力を尽くします。」

「そう。ぐずぐずはしていられないもの。物語を元どおりにして、早く姉妹たちのところに行かなくちゃ。」

イッテンたちの会話に、守はぞくっとした。どうやら、ギリシャ神話ワールドという物語の世界に守を連れていくつもりらしい。

「やだ！　ぼく行かないよ！　早く家に帰してよ！」

叫ぶ守に向けて、イッテンがしっぽを使ってブックを弾き飛ばしてきた。飛んできたブックを、守は思わず受けとめてしまった。

ばんっ！

音を立ててブックが開き、かっと光をはなった。その光の中に、守はのみこまれていった。

第4章
化け物がいなくては
story 4

光にのまれ、守は体が浮くような感覚に襲われた。そして、まわりの空気が一気に変わるのを、肌で感じとった。

もう悪臭はしなかった。それどころか、草や花のいい香りがしたし、さわやかな風とあたたかな日差しも感じた。

ここは、外？

信じられない気持ちで、守は閉じていた目をそっと開いた。

思ったとおり、守はとても美しい野原にいた。花が咲き乱れており、なだらかな丘の上には白い都が見え、別の方角には真っ青な海が広がっている。

絵になりそうな美しい光景に、守はしばらく見とれてしまった。

「ギリシャ神話ワールドにようこそ。」

いきなり声をかけられ、守はぎょっとして振り向いた。

ムーサたちがうしろに横1列になって浮かんでいた。3人とも、目をつりあげて守をにらんでおり、その顔を見ただけで、守は回れ右して逃げだしたくなった。だが、そうする前に、泣き顔のお面を持ったムーサがすばやく口を開いた。

「さあ、これから起こる悲劇を、あなたにはたっぷり見てもらうわよ。その前に、自己紹介をしておくわ。わたしはメルポメネー。悲劇の女神よ。」

メルポメネーが名乗りをあげれば、今度は天球儀を持ったムーサが口を開いた。

「わたしはウーラニアー。この天球儀が示すとおり、天文の女神ですよ。」

「そして、わたしはポリュムニアー。物語と雄弁がわたしの力。美しい言葉しか、

わたしは愛さないから、口のきき方には気をつけるように。」

ポリュムニアーは、3人の中でいちばん年長で、いちばん厳しそうな顔をしていた。気圧されている守に、ポリュムニアーは言葉を続けた。

「わたしたち以外に、ムーサは6人います。叙事詩のカリオペー。歴史のクレイオー。抒情詩のエウテルペー。喜劇のタレイア。踊りのテルプシコラー。歌のエラトー。でも、彼女たちはここへは来られない。」

「ど、どうして？」

「……魔王グライモンが襲撃してきた時、わたしたちは力を合わせて、それを食いとめようとしました。ですが、グライモンはいつもと様子が違い、物語のキーパーツを盗むのではなく、ブックそのものをねらってきました。そして、天邪鬼という相棒がこれまたてごわくて……。わたしたち3人は力を奪われるだけですみましたが、ほかの6人はひどい痛手を受けてしまったのです。」

「それって、けがをしたってこと？」

「ええ、とんでもない痛手です。グライモンの鼻くそをくっつけられ、おまけに天邪鬼にキスされたのです。かわいそうに。あの子たちはしばらく起きあがることもできないでしょう。」

悲痛な顔をしてうなだれるムーサたち。よだれペンといい鼻くそといい、どうやらグライモンたちの攻撃はろくでもないものばかりのようだ。天邪鬼のキスなど、どんな効果があるのか、聞くのも恐ろしい。

同情しつつも、守は問いかけた。

「ぼくをここに連れてきて……何をやらせる気なの？　言っとくけど、物語を書き直すなんて、ぼくやらないからね。」

そんなことをしたら、自分の間違いを認めることになってしまうのだから。

がんこな守に、ムーサたちはあきれた顔になったが、怒りはしなかった。

「まったく。ほんとにやっかいな人間ですわね。」

「ええ、ええ、そう言うと思ったから、わざわざギリシャ神話ワールドに来てもらったのですよ。ここはあなたが壊してしまった物語の1つ。これから起きることをじっくり見て、それでも修復する必要がないか、あなた自身で判断してもらおう

ではありませんか。」

「その強情さがさっさと折れてくれますように。さもないと、とんだ悲劇になってしまうわ。」

いやみをたっぷりこめたムーサたちの言葉に、守はかっとなって怒鳴った。

「そんなに言うなら、ぼくからブックを取りあげればいいじゃないか！　自分たちでさっさと書き直せばいいじゃないか！」

「お黙りなさい！」

ぴしゃりとしかりつけてきたのは、ポリュムニアーだった。

「わたしたちは芸術の女神ですよ！　どんなことがあれ、力に頼ったりはしません。そもそも、わたしたちはそのブックには触れません。魔王に穢されたブックに触れたら、わたしたちが闇にとらわれてしまう。」

「で、でも……。」

「あなた、多少は勉学ができるようですが、頭がいいとはとても言えませんね。あなたがすなおになればすむ話だということが、どうしてわからないんです？」

「ぐっ……。」

口ではとてもかなわないと悟った守は、一度引き下がることにした。だから大人って嫌いなんだと、心の中で悪態をつきながら、もう一度周囲を見た。

壊れた物語の中だと言うが、どこにもおかしなところは見当たらず、むしろ平和そのもの。美しい光景だ。

「ここ、すごく平和に見えるんだけど。前よりいい物語になっていても、それでも元どおりにしろって言うわけ？」

ふふんと、ムーサたちはばかにしたように鼻を鳴らした。

悲劇の女神メルポメネーが口を開いた。

「あのねえ、生意気なぼうや。」

「守だよ。」

「では、生意気な守君。わたしのこのお面を賭けてもいいわ。あなたが手を加えた物語が、前よりよくなっていることは、絶対にありえない。」

どうしてそんなことが言えるんだと、言い返そうとする守に、天文の女神ウーラ

ニアーが厳かに言った。

「しばしお待ちなさい。もうすぐ運命の星が動きだします。あなたは自分の誤りを、まざまざと目にすることになるでしょう。」

その直後のこと。にわかに空と海が暗くなり、恐ろしい気配があふれだした。そして、海から巨大な鯨にも似た怪獣が飛びだしてきたのだ。

激しい雄叫びをあげて、陸地に高波を送りこむ怪獣。その暴れっぷりは、見ているだけで恐ろしく、守は足がすくんでしまった。

「あれは……な、何？」

「あそこに都が見えるでしょう？　あの都の王妃カシオペアが、傲慢なことを言って海の精を怒らせたのです。そして、海の神ポセイドンが罰として怪物を送りこんできた。カシオペアの娘、アンドロメダ王女をいけにえとして捧げなければ、国を滅ぼしてしまうぞ、と。」

「アンドロメダ！」

守は思いだした。

「じゃ、ここは英雄ペルセウスの物語の中なんだ。」

だったら安心だと、守は胸をなでおろした。なぜなら、アンドロメダは助かる予定だからだ。

「これから英雄ペルセウスが通りかかって、怪獣を倒し、アンドロメダを救うってやつだね？」

「ええ、でも、はたしてそうなるでしょうかね？」

「え？」

「だって、物語は書き換えられてしまっているんですもの。ほかならぬあなたの手によってね。ほら、ブックを開いて、どうなっているか読んでごらんなさいな。」

言いなりになるのは気に食わなかったが、守はブックを開いて、ペルセウスの章を読みはじめた。

物語は、アルゴスの王アクリシオスが「おまえは孫に殺されるだろう。」という予言を受けたことから始まる。

予言を恐れたアクリシオスは、娘のダナエを塔の中に閉じこめて、結婚できない

ようにするが、大神ゼウスがダナエのもとにしのびこみ、ペルセウスという息子を生ませてしまう。

アクリシオスは怒り、ダナエとペルセウスを木箱に入れて、海に投げこむのだが、ふたりは無事に平和な島に流れつく。

そこでたくましい若者へと成長したペルセウスは、「世にも恐ろしい化け物メデューサの首を手に入れる」という冒険に出る。神々に与えられた不思議な武器と情報のおかげで、ペルセウスは見事ミッションを達成する。

そして、メデューサの首を持って島に帰る途中で、いけにえにされかけていたアンドロメダを救うのだ。

そういう物語であったはずなのだが……。

ブックでは、いきなり、王妃カシオペアの話から始まっていた。

エチオピアの王妃カシオペアは、自分と娘の美しさをたいそうじまんにしていました。

　ある日、思いあがった王妃はこんなことを言ってしまいました。

「海の精ネレイスたちはとても美しいというけれど、わたしたちには劣ることでしょう。」

　この傲慢な言葉は、すぐさまネレイスたちの耳に届きました。ネレイスたちはおおいに怒り、海の神ポセイドンに頼みこみました。

「ポセイドンさま。わたしたち、人間ごときにばかにされたのです。こんなことが許されていいのでしょうか？」

「もちろん、許されることではないとも。」

　ネレイスたち以上に腹を立てたポセイドンは、恐ろしい怪獣をエチオピアに送りこみました。怪獣は海を荒らし、船を沈め、大変な被害

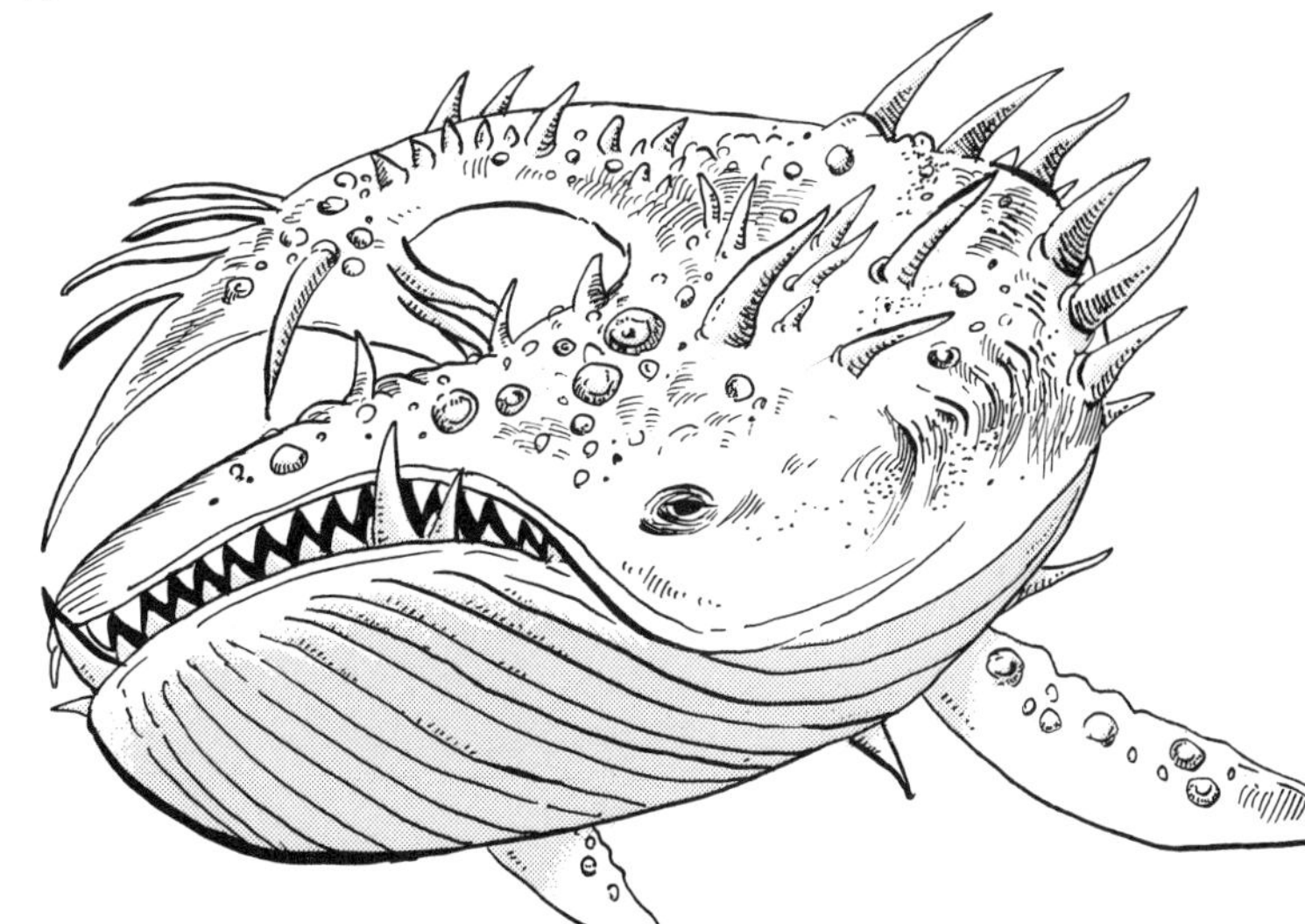

をもたらしました。

いったいなぜ怪獣が現れたのだろうと、人々は神殿に駆けつけ、神々のお告げをこいました。

すると、このようなお告げがくだりました。

「この災いはすべて、カシオペアの傲慢が招いたこと。カシオペアはつぐなわなければならない。娘のアンドロメダ王女を怪獣に捧げよ。さもなくば、怪獣はエチオピアを滅ぼすだろう。」

カシオペアはもちろんのこと、エチオピアの人々はみな青ざめました。美しくやさしいアンドロメダのことを、誰もが愛していたからです。

「ああ、なんてこと！　わたしが口をすべらせたばっかりに、こんなことになってしまって！」

カシオペアは泣きくずれました。

が、アンドロメダは違いました。毅然とした態度で、「わたしをいけにえにしてください。」と言ったのです。

「お告げにしたがわなければ、怪獣は暴れつづけ、やがてこの国は滅びてしまうでしょう。愛するエチオピアのためとあれば、わたし、喜んで命を捧げます。」

人々はアンドロメダの気高さとやさしさに涙をこぼしながら、アンドロメダを海辺の岩場へと連れていき、鎖でつなぎとめました。

王女の匂いをかぎとったのか、すぐさま海の中から怪獣が現れました。そして、大波のような勢いで、王女に襲いかかったのです。

どーんと高く水しぶきがあがり、それがおさまった時には、岩場には鎖だけが残されていました。

アンドロメダは消え、怪獣も二度と姿を現すことはありませんでした。

こうして、美しい王女の犠牲によって、エチオピアは平和を取り戻したのです。

話はそこで終わっていた。

おかしいと、守はあせった。

本当なら、ペルセウスがさっそうと現れて、アンドロメダを救うはずなのに。

いったい、どこに行ってしまったのだろう。

一応すべてのページをめくってみたが、やはりペルセウスの名前は見当たらず、ただやたらと空白のページが目立った。これも、前にはなかったものだ。

まさか、物語が消えてしまった？　この白いページの分だけ？

そう思った時だ。

どーん！

すごい音が海のほうから聞こえてきて、守はあわてて顔をあげた。見れば、大きな水柱が立っていた。

まさかと、守はムーサたちのほうを振り返った。

「い、今の音は……。」

「アンドロメダが怪獣に連れ去られたのです。」

「かわいそうに。あの娘は深き水底へと引きずりこまれてしまった。」

あなたのせいで。

守を見るムーサたちの目は、そう言っていた。

ぐさりと、胸を刺されるような心地になりながら、守は何度も首を横に振った。

「違うよ。こんなこと、ありえない。ぼくは……アンドロメダを死なせるつもりなんてなかった。そんなつもりで書き直したんじゃない。だ、だいたい、ペルセウスの物語には何も手を加えてないんだから！　だから、ぼくのせいじゃない！」

「いいえ、あなたは手を加えたんです。」

「思いだすのです。あなたの罪を。あなたは蛇のように、この物語に毒牙を打ちこんだのですよ。」

「へ、蛇？　ちょっと！　いくらなんでも……あっ！」

蛇という言葉に、守の頭にひらめくものがあった。

「もしかして……メデューサ？」

英雄ペルセウスが倒しに行くメデューサは、髪が無数の生きた蛇で、その目を見た者を石にしてしまうという恐ろしい化け物だ。

だが、もともとはそうではなかった。海の神ポセイドンに愛されるほど、メデューサは美しい娘であったのだ。だが、アテナの神殿でデートをしたせいで、ア

テナの怒りを買い、メデューサは化け物に変えられてしまったのである。

ここに、守はひっかかった。

なぜ、ポセイドンは罰を受けず、メデューサだけがみにくい化け物に変えられてしまったのだろう？　しかも、怪物に変えられたメデューサを、恋人であるポセイドンは助けようともしない。あっさり見捨ててしまうのだ。

恋人に捨てられ、みなから恐れられる怪物として生きていくことになったメデューサ。彼女はいったい、どんな気持ちだっただろう？

「つらかったろうな。まるで……まるで、ぼくみたいだ。悪くないのに、先生に嫌われて……。みんなからも……。」

そう思うと、守はいてもたってもいられない気持ちになった。

メデューサを助けてあげたい。彼女を救ってあげたい。

だから、「メデューサはポセイドンの恋人にはならなかった。怪物にはならなかった。」と、守は自分のアイディアを書きこんだのだ。

そのことを思いだしながら、守はもそもそと言った。

「ぼくは……メデューサが怪物にならなかったって書いただけだよ。ただのアイディアだったんだよ。それがどうして……こんなことにつながるのさ？」

「あなたのアイディアによって、怪物メデューサが存在しなくなったからですよ。」

あたりまえだと言わんばかりに、ポリュムニアーが胸をそらした。

「メデューサを倒すという冒険をなしとげたからこそ、ペルセウスは英雄になれたのです。メデューサがいなくては、ペルセウスは物語の主人公にはなれない。アンドロメダ王女を助けることもできない。さあ、これがあなたがやった間違いです。理解できましたか？」

ぎゅっと、守は歯を食いしばった。

理解はできた。つまり、自分は間違ってしまったということだ。自分のせいで、アンドロメダは死んでしまった。ああ、なんてことをしてしまったんだろう。

恐ろしくなって、膝ががくがくとふるえだした。ムーサたちの言うとおり、早くすべてを元どおりにしたほうがいいのではないだろうか。

そう思った時だ。じわりと、右の手のひらが熱くなった。まるで、誰かにべろりとなめられたような感じがし、ブヨに刺されたみたいにむずがゆくなる。

おぬしは間違えておらぬ。おぬしは正しい。

誰かが耳元でささやいた気がした。

だが、それを不思議だと思う前に、守の心はふたたび堅い鎧におおわれていた。

ぼくは間違えてない。やっぱりメデューサは怪物になるべきではないんだ。だからといって、アンドロメダを死なせてしまうのもだめだ。しっかりしろ。ふたりとも助けられる方法を考えるんだ。まだカバーできるはずさ。

うしろめたさをむりやり打ち消し、守はムーサたちを見返した。

「わかったよ。たしかに、これじゃアンドロメダがかわいそうだ。」

ぱっと、ムーサたちの顔が輝いた。

「それでは、元どおりにしてくれるんですね？　ああ、よかった。これで姉妹たちも、ぐんと体調がよくなることでしょう。なんといっても、ストーリーマスターであるわたしたちは、物語の世界と強く結びついていますからね。」

「ええ、いわば一心同体だものね。ということで、守、さ、早く元に戻して。」

「……期待させて悪いけど、ぼく、元どおりにはしないよ。」

守の言葉に、ムーサたちはこおりついた。

「えっ？　な、なんですか！」

「今、アンドロメダがかわいそうだって言ったじゃないの！　それって、救ってあげるってことじゃないの？」

「そうだよ。でも、元どおりにしたら、またメデューサが化け物になっちゃうじゃないか。そんなひどいこと、ぼくはしない。アンドロメダが死なないようにしてあげればいい話でしょ？」

「はあああっ⁉」

仰天したような声をあげるムーサたちにかまわず、守はばっとブックを開いた。

書き直す！　もっといい物語にすればいい！

そう思ったとたん、手の中に白い羽根ペンが現れた。そのペンを使って、守はアンドロメダのページの余白に、こんなことを書いた。「カシオペア王妃はとてもひかえめで、神さまを怒らせるようなことはしない。」と。

「だめっ！」

「やめなさい！」

我に返ったムーサたちが叫んだ時には、守は最後までアイディアを書ききっていた。

じわっと、ブックが青黒い光を発した。

その瞬間、風景は一変し、守たちは灰色がかった空間に放りだされていた。

第5章
失敗した航海
story 5

やってやったぞ。なんだか、よくわからない雰囲気になったけど、これでアンドロメダは助かったはずだ。

それをたしかめようと、守はブックをふたたび見た。そして驚いた。開いたままにしてあるページ、さっきまでたしかにアンドロメダの物語がのっていたページが、真っ白になっていたのだ。文字は一つもなく、守が書きこんだ言葉も消えている。

あわてて調べたところ、ごっそりと、10ページ分の空白が広がっていた。

「あ、あれ？　なんで？」

混乱している守に、「お見事。」と、ポリュムニアーが皮肉たっぷりに言った。

「あなたのおかげで、アンドロメダの物語も消えましたね。」

「アンドロメダの物語が？　なんで？　なんで消えたの？」

「あたりまえのことではありませんか。喜びも驚きも、冒険や化け物も出てこない物語、読者を惹きつけるものが何一つない物語など、ブックの中におさめられるはずがない。」

「ああ、悲劇だわ。わたしは悲劇の女神だけれど、こんな悲しいことばかりでは、さすがにつらくなってくるわ。」

「泣かないで、メルポメネー。でも、わたしも同じ気持ちです。このような展開、星読みのわたしでも予想できませんでしたよ。……倒れた姉妹たちが心配ですね。症状が悪化していないといいのですが。」

いやみとなげきをあびせかけられ、守はそれでもムーサたちをにらみ返した。

「でもさ、アンドロメダは助かったんだ。物語が消えたとしても、死んじゃうよりましでしょ。」

失敗したんだと、認めるつもりはなかった。

がんこな守に、ムーサたちはまた顔を突きあわせて、ささやきあった。

「あきれたわね。まだ自分は正しいって思っているみたいよ。」

「もっとひどいことになった物語を見せる？　さすがに後悔するんじゃないかしら？」

「それしかないでしょうね。それと、もう1つ、釘を刺しておいたほうがいいかも。ほら、ブックのことですよ。」

「ああ、そうね。……もしかしたら、ブックのことを聞いて、物語を元どおりにしてくれるかも。」

「ありえますね。」

ひそひそ話をきりあげ、ムーサたちはさっと守のほうを振り返った。

「ねえ、守。そのブックのことで、あなたに伝えていなかったことがあるのよ。」

ねっとりとした口調で、メルポメネーが言った。

「そのブックをね、物語の世界で3回、間違った使い方をすると、二度と現実世界に戻れなくなってしまうのよ。」

「間違った使い方……。」

「そう。たとえば、本来の物語に必要ないものを書いてしまうことよ。」

第5章　失敗した航海

「うそだ！」

だまされるもんかと、守は叫んだ。

「それなら、ぼくはとっくに帰れないってことじゃないか。だって、ぼく、たくさんアイディアを書きこんだんだから。」

「物語の世界の中で、と、今、メルポメネーが言ったではありませんか。話を聞いてないのですか？」

「現実世界でなら、使い手には影響はないのですよ。でも、ここはギリシャ神話ワールド。ほら、ブックの表紙を見てごらんなさい。」

ポリュムニアーにうながされ、守はブックの表紙を見た。

群青色から灰色に変わってしまっていた表紙は、今や上の3分の1が黒くなっていた。まるで墨汁にひたしたかのようだ。

それを見たとたん、どくんと、守は心臓が大きく跳ねるのを感じた。言いようのない不気味さ、恐怖を覚えたのだ。

青ざめる守に、ムーサたちはここぞとばかりに言葉をかけてきた。ブックが完全

に黒くなったら、それこそ守はおしまいなのだと。悪いことは言わないから、早く物語を元どおりにしてと。

思わずうなずきそうになったところで、またしても右手が熱くなり、姿なきものが心にささやきかけてきた。

だまされてはならぬ。おぬしは自分の正義を信じなくてはならぬ。

そのとおりだと、守は冷静さを取り戻した。

だまされるな。大人なんて、信用できないやつばかりなんだから。こうやってアドバイスをしてくるのも、結局はぼくを思いどおりに操りたいからだ。それに……現実世界に戻ったって、つらいだけじゃないか。先生たちから憎まれて、お父さんたちにはがっかりされて、自分のことがいやになる。だったらいっそ……。

ぎゅっとブックを抱きしめ、守は高らかに言った。

「いいよ。現実世界に戻らなくたって、ぼくは別に困らないし。この物語の世界をよいものにしてあげられるなら、閉じこめられたってかまわないよ。」

ムーサたちはそれはそれは深いため息をついた。

「これは……なかなか根が深いですね。」

「戻らなくても困らないだなんて……こんなことを言い返されるなんて、思ってもいませんでしたよ。」

「ええ。やっぱり物語でわかってもらうしかないわよ。次はどの物語を見せる？」

「アラクネはどうでしょう？　知恵の女神アテナと機織り勝負をして、蜘蛛に変えられてしまった娘の話。あれも、ずいぶんひどく変えられてしまっているはずです。」

「いえ、あれではまだ足りない。……イアソンの話がいいと思いますよ。」

「なるほど。危険な航海にロマンス。子ども心を惹きつけてきた物語よね。あれがどれほどひどくなっているか、この子に見てもらいましょう。」

話は決まったと、ムーサたちは守を見た。

「守。57ページを開きなさい。」

逆らうとガミガミ言われるだけだとわかっていたので、守は黙って言われたとおりにした。

そうしながら、「イアソンの冒険」のことを思いだしてみた。

「イアソンの冒険」

イオルコスの王アイソンは、王座をねらった弟ペリアスによって殺されました。

アイソンの幼い息子イアソンも命をねらわれましたが、なんとかペリアスの手を逃れ、賢者によってひそかに育てられました。

月日は流れ、立派な青年になったイアソンに、賢者はついに彼の身分と身の上話を打ち明けました。すべてを知ったイアソンは、「父の王座を取り戻す。」と心に決め、ペリアスに会いに行くことにしました。

道中、イアソンは困っている老婆をおぶって、川を渡りました。でも、じつはその老婆は、大神ゼウスの妻、女神ヘラだったのです。

イアソンのやさしさをほめたたえたヘラは、今後イアソンを加護すると約束して姿を消しました。

イアソンはおおいに勇気づけられ、先を急ぐことにしました。川を渡った時にサンダルを片方なくしてしまっていましたが、かまうことなく歩きつづけました。

　そうして、ペリアスのもとにたどりつきました。やってきたイアソンを見て、ペリアスは青ざめました。じつはペリアスは「おまえはサンダルを片方だけはいている男に殺される。」と、お告げを受けていたのです。

　ペリアスはすぐに策略を練りました。わざとイアソンを歓迎したうえで、こう切りだしたのです。

「もとから王座はおまえのものだ。だが、おまえはまだ若い。ここは一つ、大きな手柄を立てて、王としてふさわしいと、人々に知らしめてはどうかな？」

「大きな手柄とは？」

「そうだな。海のかなたにあるコルキスという国には、金色の羊の毛皮があるという。それを持って帰ってくるというのはどうだ？」

　その毛皮はコルキスの宝物で、恐ろしい竜が守っているというしろもの。それに、コルキスにたどりつくまでに、どれほど危険があるかわかりません。旅の途中で命を落とせばいいというのが、ペリアスの考えでした。

でも、イアソンはひるむどころか、「やりましょう！」と答え、50人の勇者を集めて、アルゴ号と名付けた船に乗りこんだのです。

航海は死の危険と隣りあわせのもので、イアソンたちは数々の冒険をしていくことになりました。鳥の化け物ハーピーから目の見えない老人を助けたり、ぶつかりあう大岩の間をすりぬけたり。

そうして、一行はやっとのことでコルキスに到着しました。

イアソンは、コルキスの王アイエテスに事情を話し、「金色の羊の毛皮を渡してほしい。」と頼みました。ですが、当然のことながら、アイエテスは大事な毛皮を渡したくありませんでした。そこで、悪意に満ちた条件を出しました。

「火をふく雄牛2頭にくびきをつけ、荒れ地を耕し、竜の牙をまけ。そうすると、戦士たちが地から出てくるから、彼らをすべて打ち倒せ。それをなしとげられたら、金の毛皮にふさわしい男として認めよう。」

それは到底不可能な試練でした。

ですが、思わぬ協力者が現れました。アイエテス王の娘メディアです。メディアはイアソンに一目ぼれしてしまい、なんとしても助けると心に決めたのです。

じつは、これには女神ヘラの力が働いていました。イアソンを助けさせるため、ヘラは愛と美の女神アプロディテに「メディアを恋に落ちさせてほしい。」と頼んだのでした。なんといっても、メディアはアイエテスの娘、しかも力のある魔女でもあったからです。

夜、メディアはこっそりとイアソンをたずね、不思議な薬と石を渡しました。

「この薬を全身にぬってください。そうすれば、火にも武器にも傷つけられることはなくなります。火をふく雄牛をつかまえ、くびきをつけることができるでしょう。そして、竜の牙をまき、地から戦士たちが生まれてきたら、この石を投げてください。戦士たちは、この石をめぐって殺しあいをしていくはず。あなたは、最後に残った戦士を倒せばいいのです。」

「ありがとう、メディア姫。」

翌日、イアソンはメディアの言うとおりにし、見事、このむずかしい試練をはた

したのです。

ところが、アイエテスには約束を守るつもりなどありませんでした。

「まさか本当にやりとげるとは。こうなったら、イアソンを殺してしまおう。」

ですが、アイエテスの計画は、うまくいきませんでした。メディアがイアソンに知らせたからです。

「イアソンさま。こうなったら、自分で毛皮を取りに行き、それを持って船で逃げるしかありません。毛皮は竜が守っていますが、わたしがお手伝いをします。そのかわり、逃げる時にわたしも連れていってください。そして、わたしと結婚してほしいのです。」

「わかりました。喜んであなたを妻にしましょう、美しいメディア姫。」

イアソンは約束し、仲間たちに「船に乗り、いつでも海に出られるように準備をしておいてくれ。」と言い渡しました。そして、メディアに連れられて、金の毛皮のもとへ行きました。

毛皮は、大きな木の枝にかけられており、その根元では竜が目を光らせていました。でも、メディアが不思議な薬を竜に振りかけると、竜はたちまち目を閉じ、深く眠りこんでしまったのです。そのすきに、イアソンは毛皮を木からおろし、メディアと一緒にアルゴ号へと走りました。

そうして、アルゴ号はコルキスから逃げだしたのです。ですが、毛皮を盗まれたことに気づいたアイエテスは、すぐに船で追いかけてきました。コルキスの船は速く、追いつかれるのも時間の問題でした。

と、またしてもメディアが動きました。

国を出る時、メディアは幼い弟アプシュルトスを連れてきていました。その弟

を殺し、ばらばらにして海にばらまいたのです。息子のなきがらをかき集めるため、アイエテスは船を停めるしかありませんでした。

こうして、イアソンは金の毛皮を持って、無事に故郷に戻ることができました。それでも、腹黒い叔父のペリアスは、のらりくらりとして王座を渡そうとしません。

これに怒ったメディアは、とある計画を立てました。

ある日のこと、ペリアスの娘たちの前で、メディアは老いた羊を若返らせてみせました。

「ね？　ごらんのとおりよ。こうして魔法の鍋で煮えたたせたお湯に、あなたたちの父親をばらばらにして放りこめば、すぐに若くなって飛びだしてきますよ。」

喜んだペリアスの娘たちは、父親を殺し、鍋の中に放りこみました。ですが、ペリアスが若返ることも生き返ることもありませんでした。すべてはメディアの罠だったのです。

これで愛するイアソンが王になる。

メディアはほくそえみましたが、そうはなりませんでした。メディアのやり方はあまりに残酷だと、イオルコスの人々が怒ったのです。

イアソンとメディアは国を追いだされ、コリントスという国に行き、そこで静かに暮らすことにしました。子宝にも恵まれ、少なくともメディアは幸せだったと言えるでしょう。

でも、コリントス王のクレオンがイアソンのことを気に入り、「ぜひ娘のむこになってもらいたい。」と、言ってきたのです。

魔女であるメディアに嫌気がさしていたイアソンは、これを受け入れることにしました。命がけで愛してきた夫からの裏切りに、メディアがどれほど激怒するか、イアソンはわかっていなかったのです。

イアソンと新しい花嫁の結婚式の日、メディアはすばらしい花嫁衣装を贈ってきました。花嫁がそれをまとったところ、とつぜん、衣装が燃えだし、花嫁は火に包まれました。その火は、娘を助けようとしたクレオン王にも燃え移り、ふたりは亡くなってしまいました。

イアソンは怒って、メディアを追いかけようとしました。ですが、彼を待ち受けていたのは、子どもたちの死体でした。メディアは逃げる前に、子どもたちを殺していったのです。

こうして、英雄イアソンはすべてを失いました。国も、名誉も、妻も、子どもも。

イアソンは悲しみにくれながら、あてどなくさ迷い歩き、ある日、古い船の残骸にたどりつきました。

それは、かつてイアソンが仲間たちと乗りこんだアルゴ号でした。

「あの頃はすべてが輝いていた。あの頃にもう一度、戻ることができたなら。」

昔を懐かしみながら、イアソンはアルゴ号のもとで一晩過ごすことにしました。

でも、その夜、朽ちた帆柱がぼっきりと折れ、眠っていたイアソンを下敷きにしたのです。

これが英雄イアソンの最期となりました。

これが、本来の「イアソンの冒険」で、最初に家で読んだ時、守はあきれはててしまった。

「なんだよ、これ！　ひどすぎるよ！」

金の毛皮を手に入れるまでの冒険自体はおもしろいが、とにかくメディアが残忍すぎて、守はとても受け入れられなかった。

いくらイアソンのことを愛していたからといって、自分の弟を殺してしまうなんて。しかも、イアソンに裏切られたら、今度は自分の子どもまで手にかけた。そんなの、ふつうではない。

それにイアソンもイアソンだ。メディアにさんざん助けてもらったくせに、ほかのお姫さまになびいてしまうなんて。アルゴ号に乗って冒険していた時のイアソンがかっこよかっただけに、なんだか裏切られた気分だ。

そう思うのと同時に、ふと頭に浮かんできたのは、岳斗のことだった。親友だと思っていたのに、松下先生の影響を受けて、あっさり守を裏切った。あの時のことは、今でも思いだすだけで胸が苦しくなる。

「……あんなことが起きる前は、ぼくにべったりでさ、宿題見せてくれって、うるさかったのに。自分にとって価値がなくなったら、すぐに相手を見捨てるなんて、岳斗って、イアソンそっくりじゃないか。」

ますますいやな気持ちになった。

もう岳斗とは友だちに戻れないだろう。だが、せめて物語の中には救いがあってほしい。

どうしたらいいものか、守は考えに考えた。

イアソンをメディアにべたぼれにさせて、ほかの女の人など目に入らないようにする？　いや、それではほかの悲劇は防げない。

メディアがもっと心やさしければ。いや、そもそもメディアがイアソンに恋しなければいい。その恋心だって、もともとは女神たちがそうさせたのだ。本当はメディアは別の人が好きだったかもしれないのに。

だから、守はページにこう書いたのだ。「メディアはイアソンのことを好きにならない。」と。

さて、今はどんな感じに変わってしまっているだろう？　どうやら物語自体は残っているようだし、今度こそいい感じに仕上がっているかもしれない。

守は胸をどきどきさせながら、76ページの文章を読んでいった。

最初のほうはまったく変わっていなかった。悪者ペリアスが王位を奪ったところも、イアソンがヘラの加護を受けるところも、金の毛皮を求めてアルゴ号で冒険をしていくところも。

「あれ？　まるで同じ？」

首をかしげながらも、守は読み進め、ついにコルキスに到着したシーンまでやってきた。

そうして、一行はやっとのことでコルキスに到着しました。

イアソンは、コルキスの王アイエテスに事情を話し、「金色の羊の毛皮を渡してほしい。」と頼みました。ですが、当然のことながら、アイエテスは大事な毛皮を渡したくありませんでした。そこで、悪意に満ちた条件を出しました。

「火をふく雄牛2頭にくびきをつけ、荒れ地を耕し、竜の牙をまけ。そうすると、戦士たちが地から出てくるから、彼らをすべて打ち倒せ。それをなしとげられたら、金の毛皮にふさわしい男として認めよう。」

それは到底不可能な試練でした。

イアソンは「やります。」と答えたものの、心の中では頭をかかえてしまいました。

「これは大変な試練だぞ。偉大な女神ヘラよ。わたしを加護してくださるのであれば、どうぞ、明日の試練でもわたしをお救いください。お力を貸してくださったら、故郷のイオルコスを取り戻したあかつきには、金の毛皮はあなたに捧げます。」

イアソンはヘラに祈りました。

その夜、イアソンの夢にヘラが現れました。

「イアソンよ。そなたの願いは聞き届けよう。試練をこなす方法を教えるから、よくお聞き。」

ヘラの言葉を、イアソンはしっかりと聞いて覚えました。

そして翌朝、イアソンが目を覚ますと、不思議な塗り薬と石がそばに置いてありました。

「ああ、感謝します！」

イアソンは夢で教えられたとおり、全身に塗り薬をぬり、火をふく雄牛のもとに行きました。雄牛たちはそれは凶暴でしたが、彼らの火も角も、薬をぬったイアソンを傷つけることはありませんでした。

イアソンは牛たちにくびきをつけて荒れ地を耕し、竜の牙をまきました。そして、生まれてきた戦士たちに向けて、今度は石を投げたのです。石をめぐって、戦士たちはお互いに殺しあい、最後にはたったひとりだけが生き残りました。イアソンはその残った戦士と戦い、見事に打ち勝ちました。

さあ、アイエテス王に出された試練はやりとげました。明日には金の毛皮を持っ

て、故郷のイオルコスに戻れるぞと、イアソンと仲間たちはおおいに喜び、その夜は大宴会を開きました。

酒を飲みながら、ひとりがイアソンに言いました。

「イアソン。イオルコスに戻って、王位を取り戻したら、今度は、あなたを支える妻が必要ですな。英雄であるあなたには、最高の女性がふさわしいでしょう。とはいえ、美しい女は気位が高いもの。嫁取りはなかなか苦労するかもしれませんな。」

仲間の言葉に、イアソンは高らかに笑いました。

「心配するな。金の毛皮を贈り物にすると言えば、どんな大国の王女でも妻にできるさ。」

金の毛皮はヘラに捧げると約束したことを、すっかり忘れて、イアソンは口走ってしまいました。

ですが、神々はいついかなる時も、人間の言葉を聞いているのです。

イアソンの言葉に、女神ヘラは激怒しました。

「なんと恩知らずな。好ましい若者だと思っていたけれど、あの者はイオルコスの王にふさわしくない。金の毛皮に触れることすら許さぬ！」

ヘラの怒りはすぐさま呪いとなって、イアソンの上に降りかかりました。

その夜、酔いつぶれていたイアソンたちに、アイエテス王の家来たちが襲いかかってきました。アイエテス王には、はなから毛皮をゆずる気などなかったのです。

この襲撃で仲間の半分が命を落としました。

生き残ったイアソンたちは、ほうほうの体でアルゴ号に戻り、コルキスから逃げだしました。

遠ざかるコルキスを見つめながら、イアソンはなげきました。

「結局、毛皮を手に入れられぬまま、故郷に戻ることになってしまうのか！　おお、ヘラよ！　どうして守ってくださらなかったのですか？　どうして、襲撃があると教えてくださらなかったのです？」

ですが、どれほど祈りを捧げても、ヘラがイアソンに応えてくれることは二度とありませんでした。涙にくれ、ふさぎこむイアソンに、もはや英雄としての輝かし

さ、力強さはありませんでした。

それでも、なんとかイアソンたちは故郷のイオルコスに戻ることができました。

戻ってきたイアソンを、叔父のペリアスはあざけりました。

「大口をたたいておいて、おめおめ手ぶらで戻ってくるとは、とんだ恥さらしだ。しかも、仲間を半分も失うとは。これではとても王座は渡せんな。この国からとっとと出ていけ。二度とその姿を見せるな。」

ペリアスの言葉に、人々も賛成しました。

こうして、イアソンはみじめに国を追いだされたのです。

あてどなく荒れ地をさ迷いながら、イアソンはどうしてこうなってしまったのだろうと、何度も思いました。

本来なら英雄となり王となって、すばらしい人生を送るはずだったのに。こんなふうに落ちぶれてしまうなんて、なんて不幸なのだろう。

自分がヘラとの約束をやぶったことを、イアソンが思いだすことはありませんでした。

書き直された物語は、そこで終わっていた。

読み終えた守は、恐る恐るブックから顔をあげた。ムーサたちが「それごらんなさい。」と言わんばかりの、いわゆるどや顔でこちらを見ていた。

守はいったん息をついてから、むりやり笑ってみせた。

「けっこういい話になってたよ。メディアが出てこなかったから、メディアの弟と子どもたちは死ななかった。あと、イアソンも死ななかったし。」

「…………」

「えっと……登場人物が死なないのが、いちばん大事だと思うなあ。」

「あら、そう？　じゃ、あれを見てよ。あれを見ても、あなたは笑ってられる？」

メルポメネーが指さしたほうを、守は見た。

いつのまにか、守たちは灰色の空間から荒れ地に移動していた。周囲には荒々しい風が逆巻き、地面は尖った石だらけ。乾いた草がまばらにはえているだけの大地は、なんとも寂しく厳しかった。

そこを、ひとりの若者がよろよろと進んでいた。もともとはハンサムなのだろうが、目から涙をあふれさせ、しょぼくれた様子で足を進める姿は、とにかくあわれで、みすぼらしい。

まさかと、守は息をのんだ。

「あれって……イアソン？」

「そうです。イオルコスを追放されたイアソンです。あなたのおかげで命だけは助かりましたが、それだけです。もはや彼は英雄としては名を残せない。女神をないがしろにした愚か者として、物語の中で生きていくしかない。」

「………」

「それでも自分が正しいと思うのであれば、もうここに用はありませんね。傲慢な守、ブックの次のページをめくりなさい。次の物語で、あなたは自分の最大の罪を知ることになるでしょう。」

ポリュムニアーが手厳しい口調で言った。

守はその言葉にしたがうことにした。

自分の最大の罪とやらを見せつけられるのは、正直こわかった。それでも、これ以上、あわれなイアソンのことを見ていたくなかったのだ。

イアソンから目を背け、守はブックのページをめくった。だが、心の中ではわかっていた。どんな力を使っても、自分の頭からイアソンの姿が消えることはないだろうと。

第6章
消えた英雄
story 6

ブックのページをめくったあと、守は身構えた。

さあ、いったい、どんな物語が書いてあるのだろう？　お願いだから、登場人物がさっきのイアソンみたいになっていませんように。だいたい、物語がハッピーエンドになるようにって、アイディアを書きこんだのに。今のところ、ことごとくバッドエンドだ。どんだけ『ギリシャ神話』ってひねくれているんだろう！

守はブックをにらみつけ、そして、目を丸くした。

開いたページは真っ白だったのだ。

次のページも、その次のページも、一文字もなかった。

なんと、たっぷり30ページ分も文章が消えてしまっていたのだ。

「こ、これって、どういうこと？　全然物語がないんだけど？」

あせる守に、ムーサたちは冷たく答えてきた。

「それがあなたの罪よ、守。」

「あなたが余計な手を加えたせいで、『ギリシャ神話』でもっとも偉大な英雄の物語が、まるごと消えてしまったのです。」

「ああ、彼のすばらしい冒険を、あまたの人間が楽しみ、心を高鳴らせたというのに。このままでは、もはやそれもかなわない。守、あなたは彼の存在を消し去ってしまったのですよ。」

「か、彼って、誰のこと？」

「まだわからないのですか？　『ギリシャ神話』でもっとも偉大な英雄と言ったら、ひとりしかいないではありませんか。」

そう言われても、混乱している守は思い浮かべることができなかった。そんな守を見つめながら、ムーサたちは声をそろえて、一つの名を叫んだ。

「ヘラクレス！」

あっと、守は声をあげてしまった。なぜ思いあたらなかったのだろうと、自分の頭をぽかりとなぐりたくなった。

ヘラクレス。

大神ゼウスと人間の女性との間に生まれた半神半人で、ミュケーナイの王になるだろうと、ゼウスに約束されていた。だが、ゼウスの妻ヘラは、ヘラクレスの存在を許せず、王座をヘラクレスの従兄弟エウリュステウスのものにしてしまう。

王になりそこねたものの、半神半人のヘラクレスは人並み優れた怪力を持ち、あちこちで活躍していく。やがて美しい妻メガラをめとり、かわいい子どもたちにも恵まれる。

だが、ここでまたヘラが魔の手を伸ばしてくる。ヘラクレスに魔法をかけ、愛する家族を殺させてしまうのだ。正気に戻り、なげき悲しむヘラクレスに、「罪をつぐなうため、12の試練をこなせ。」と、エウリュステウス王が命じてくる。

どの試練も息をのむような冒険であった。ネメアの人食い獅子やヒュドラという恐ろしい毒蛇を退治したり、地獄の番犬である三つ頭のケルベロスを捕獲したり。しかも、父親のゼウスはいっさい力を貸してくれず、女神ヘラは執念深くヘラクレスの命をねらってくる始末。

だが、ヘラクレスは決してあきらめることなく、すべての試練をやりとげるのだ。

ところが、その英雄もむざんな最期を迎えることとなる。新しい妻ディアネイラに、毒の衣を渡されて、それを着てしまったのだ。ディアネイラに悪気はなく、「その衣をヘラクレスに着せれば、彼はあなただけを愛するだろう。」と、悪者ネッソスにそそのかされて、しでかしたことだった。

だが、悪気があろうとなかろうと、毒の衣はヘラクレスの体にはりつき、激しく苦しめた。衣を脱ぐこともできず、正気を失いそうになる痛みの中、ヘラクレスはついに薪の山に横たわり、火をつけさせる。

そうして英雄ヘラクレスは死に、その死をいたんだ神々が、ヘラクレスを天空にひきあげ、星座にしたというところで、物語は終わるのだ。

読み終えた時、守はヘラクレスが気の毒でならなかった。本当なら、王さまになり、平和に奥さんや子どもと暮らしていたかもしれないのに。さんざんあちこちに冒険に行かされて、あげく、こんなふうに苦しんで死んでしまうなんて。

「いちばん悪いのは、ヘラだ！」と思った。

「ゼウスがほかの人を好きになったのが、悔しくて悲しいのはわかるよ。でもさ、生まれてきたヘラクレスは悪くないじゃないか。何度もヘラクレスを殺そうとするなんて。ヘラは意地が悪くて勝手だよ！　こんな奥さんだから、ゼウスだっていやになるんだ！」

だから、守はヘラクレスの物語にいくつもアイディアを書きこんだのだ。

ヘラはやさしく、ヘラクレスのことを憎んだりしない。

ヘラクレスはミュケーナイの王になる。

最初の奥さんメガラと、死ぬまで幸せに暮らす。

これなら、ヘラクレスが悲しい思いをすることはなく、ひどい死に方をすることもないだろう。そう思ってのことだったのに。なぜ、物語がまるごと消えてしまったのだろう？

絶句している守に、ウーラニアーが憂鬱そうに言った。

「どうしてこうなったか、わからないという顔をしていますね。でも、星を読むよりも簡単なことです。あなたはヘラクレスをミュケーナイの王にし、平穏な人生を送らせるようにしてしまった。冒険や試練をこなさなくていいヘラクレスは、物語の主人公にはなれません。ペルセウスの時と同じですよ。あなたは英雄の活躍の場を奪い、『ギリシャ神話』からヘラクレスを消し去ってしまったのです。」

「ぐっ……。」

「このページの先に、あなたのせいで運命を変えられてしまった登場人物たちが、いったい何人いることやら。それでも、自分は間違っていないと思うのですか？元に戻したくないと思うのですか？」

「ウーラニアー。言い方が甘すぎますよ。この子にはもっとガツンと言ってやったほうがいいのです。」

「わたしも賛成。守。あなたね、いい加減にしなさいよ！　わたしたちだって、こんなことに巻きこまれて、迷惑しているんだから！　だいたいね、こっちは大事な姉妹たちのことがあるんだからね！」

「そうですよ。襲撃で弱ってしまったかわいそうな姉妹たち。本当ならそばで看病

してあげたいところだというのに。あなたさえすなおになれば、何もかもちゃんと丸くおさまるんですよ。」

がまんできないとばかりに叫びだすムーサたち。その声と言葉は、針のようにチクチクと守を刺してくる。

だが、守はまだ認められなかった。手がひどくかゆくなり、ひっきりなしに頭の中で声が響いてきたからだ。

おぬしは間違ってはおらぬ。ムーサたちの言葉など聞いてはならぬ。ヘラクレスのことを、おぬしは救ったのだ。そうであろう？　何？　あのおもしろい冒険が消えてしまったのがつらい？　すごく悪いことをした気分、とな？　心配はいらぬ。もっとすばらしい物語を生みだせばよいのだ。そのためには、根本から『ギリシャ神話』を作り直さなければ。考えよ、守。おぬしならできるはず。

たえまなく聞こえる声は圧倒的であった。守の罪悪感を封じこむほどに……。

「できる……。そうだ、ぼくならやれるよ。……考えなくちゃ。考えろ。」

ぶつぶつつぶやく守に、ムーサたちは警戒したように目を交わしあった。

「あの子、まだがんばるつもりみたいですよ？」

「どういうこと？　これほど見せても、まだ考えを改めないつもりかしら？」

「グライモンのせいで、心がかたくなになっているのかしらねえ？　……もしかして、あいつのよだれが肌についちゃっているんじゃない？」

「いえ、もともとそういう性格なのだと思いますよ。だからこそ、やっかいだわ。」

　ささやきあうムーサたちの前で、守はついに顔をあげた。

「認めるよ。ぼく、間違ってたよ。」

「きゃああ、うれしい！　やっと気づいてくれたのね！」

「それではさっそく書き直しを！」

「うん。やるよ。」

「ああ、ありがとう！　これでやっと姉妹たちのもとに行けます！」

「守、大好きよ！」

　ムーサたちは大はしゃぎし、これまでの塩対応がうそのように、守をほめたたえだした。

そんな中、守はブックを見た。

手には、早くも白い羽根ペンが握られている。あとは書き直せばいいだけだ。だが、物語にちょこちょこ手を加えるのではだめだ。もっと大きな書き直しをしなくては。この『ギリシャ神話』の中でいちばん悪いやつをどうにかすれば、すべての物語がハッピーエンドになるはずだ。

今度こそと、守は力をこめて羽根ペンを動かした。

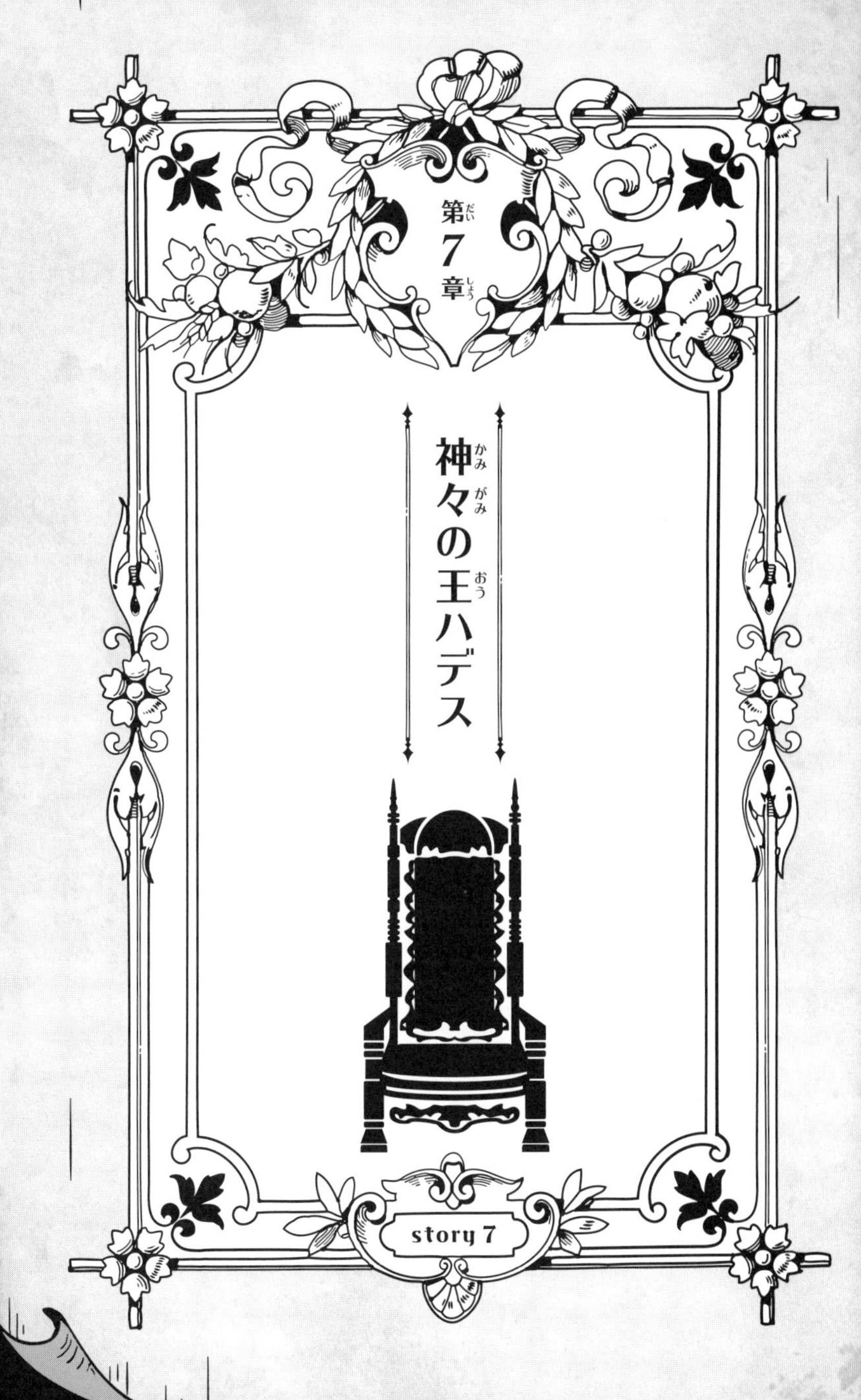

第7章(だいしょう)

神々の王ハデス(かみがみのおう)

story 7

守が言葉を書きこんだ直後、どーんと、ものすごい音がとどろき、青黒い光がブックからあふれでた。

ムーサたちが耳をつんざくような悲鳴をあげた。

「うそ！　どうなっているの！」

「またこの光！　ああ、守！　あなた、何をやらかしたのです！」

「物語を元どおりにしてくれたのではないの？　まさか、また余計な書き直しをしたのですか？」

「そうだよ。」

胸をどきどきさせつつ、守は冷静さを取りつくろっていた。

「やっとわかったんだ。『ギリシャ神話』でいちばんやっかいなやつが、ゼウスだって。」

「ゼウス！　大神ゼウスに余計な手出しをしたの⁉」

「なんて恐ろしいことを！　『ギリシャ神話』の中でゼウスがどれほど大きな役割をはたしているか、知りもしないで！」

「彼が消えてしまったら、多くの物語がそれこそ消えてしまうのですよ！」

怒り狂うムーサたちに、守はなだめるように言った。

「わかっているよ。だから、消したりしなかったよ。」

『ギリシャ神話』の中で、数々の問題を引き起こすのは、いつだって神々の王ゼウスだ。最初は、ゼウスの妻ヘラが性悪だと思ったけれど、夫がこんなに浮気者では、ヘラがいらだち、かんしゃくを起こすのも無理はない。

とはいえ、ゼウスのことを、奥さんのヘラだけを大事にする神にはできない。そうしてしまうと、ゼウスの子どもたち、ヘラクレスやペルセウスのような英雄が、そもそも生まれてこないからだ。

守は必死に考え、あることを思いついたのだ。

「ゼウスがこんなに好き勝手ができるのは、結局、ゼウスがいちばん強くて、えら

いからだ。だから、別の神が王になればいいんだ。」

そして、ゼウスのかわりになるとしたら、ハデスしかいないと、守は思った。頭の中には、「女神デメテルの物語」が、はっきりと浮かんでいた。

「女神デメテルの物語」

ハデスはもっとも高貴な神のひとりでした。ですが、弟のゼウスに出し抜かれ、地下深くにある陰気な冥界を治めることを押しつけられてしまいました。

それでも文句を言うこともなく、黙々と役目をはたしていたハデスでしたが、ある日、地上で美しい乙女を見かけ、一目ぼれしてしまいました。

それは豊穣の女神デメテルの娘、ペルセポネーでした。

なんとしても妻にしたいと思ったハデスは、弟の

ゼウスに「どうしたらいいだろう？」と、相談しました。なぜなら、ゼウスはペルセポネーの父親だったからです。

ゼウスは少し悩みました。まだ若いペルセポネーを、陰気な冥界の王妃にするなど、かわいそうな話です。何より、母親のデメテルが許すはずがありません。ですが、ハデスの機嫌を損ねたら、死者を操り、災いを振りまくかもしれません。

そこでゼウスは、「結婚を許す。ペルセポネーを冥界に連れていってよい。」と答えたのです。

ハデスは大喜びして、さっそくペルセポネーを迎えに行くことにしました。

そんなこととは知らず、ペルセポネーは花摘みを楽しんでいました。そして、見たこともないほど大きな水仙を摘み取ろうとした時です。地面が大きく裂け、真っ黒な馬にひかれた馬車が飛びだしてきました。

馬車を操るのはハデスで、驚くペルセポネーの腰をつかみ、そのまま地面の裂け目へと戻っていってしまいました。

こうして、ペルセポネーは冥界の王ハデスのものとなってしまったのです。

これに怒ったのが、母親のデメテルでした。いきなりかわいい娘をさらわれてしまい、しかも、それを許したのがゼウスだと知って、デメテルは自分の役目をすべて放りだしてしまいました。豊穣の女神が仕事をやらなくなったため、たちまち大地は荒れ、作物は実らなくなり、人も生き物もばたばたと死にはじめました。

神々は大あわてでデメテルをなだめようとしましたが、デメテルは「娘を返して。」と、くり返すばかり。ついにゼウスも、「ペルセポネーを母親のところに戻してやってくれ。」と、ハデスに言うしかありませんでした。

でも、せっかく手に入れた妻をむざむざと手放したくなかったハデスは、地上に返す前に、ペルセポネーに4粒のザクロの実を食べさせました。

ザクロの実は結婚のあかし。そして、冥界の食べ物を食べた者は、必ずまた冥界に戻ってこなくてはならないからです。

ペルセポネーはそれを知ったうえで、ザクロの実を食べました。最初はさらわれたことを恨んでいましたが、ハデスの孤独をあわれみ、彼の静かなやさしさを愛するようになっていたからです。

こうして、ペルセポネーは1年のうち、3分の1をハデスのもとで過ごすことになりました。

娘がそばにいる間、女神デメテルは喜びにあふれ、地上を緑で満たします。が、娘がハデスのもとに行っている間は、ひどくふさぎこみ、仕事をしなくなるのです。その間、地上には花が咲かず、果物も作物も実りません。

「冬」という季節は、そうしてできたのです。

この「女神デメテルの物語」を読んだ時から、守は妙にハデスのことが気に入ってしまっていた。

自分勝手な神々の中で、ハデスだけはすごくまともだ。誰もがいやがるような仕事を押しつけられ、それでもまじめに働いている。ペルセポネーをさらったのはよくなかったが、それだって、ゼウスに「そうしていい。」と言われたからだ。

自分に似ていると、守はそう思った。辛抱強くて、でも不器用なところもあって。暗闇の王国にいなくてはならないところも、昼間に家から出られない自分とそっくりだ。

ああ、ハデスにはもっと幸せになってほしい。というより、ハデスが神々の王ならいいのに。そうすれば、ゼウスのことだってしかりつけて、勝手をするなと、おさえてくれるに違いない。そうなったらいい。そうなるべきだ。

だから守は、「神々の王はゼウスではなく、ハデス。」と、ブックに書いたのだ。

ムーサたちはパニックを起こしているが、さて、いったい、どうなっただろう？

胸を高鳴らせながら、守は光がおさまるのを待った。

不気味な光がおさまった時、守たちは黄金と白い大理石で作られた大きな広間に立っていた。太い柱の陰に隠れながら、守はそっと前のほうをうかがった。

広間には12のすばらしい椅子があり、それぞれに立派な風情の人たちがすわっていた。『ギリシャ神話』の神々だと、一目でわかった。

三叉の矛を手に持っているのが、海の神ポセイドン。

羽のついた帽子をかぶり、蛇の形の杖を持っているのが、伝令の神ヘルメス。

竪琴と見事な金髪をなびかせたハンサムな神は、芸術の神アポロン。

　アポロンの双子の妹、月の女神アルテミスは、白い鹿をそばにはべらせ、弓を持った勇ましい姿だ。

　すばらしく美しい女の人は、愛と美の女神アプロディテに違いない。

　ごつくて、筋肉がもりもりとしているのが、鍛冶の神ヘパイストス。

　武器を持ち、鎧兜を身につけた荒々しい顔つきの青年は、戦の神アレスだろう。

　そして、同じく武装した女の人は、知恵の女神アテナと見ていいだろう。

　ブドウの葉と実を頭に飾った陽気な顔つきの若者は、酒の神ディオニソスだ。

　どの神も個性的で、強烈なオーラをはなっていた。それでも、守の目は自然とひとりの男神へと吸いよせられた。

　それは稲妻をたずさえた神だった。ひげをはやした威厳のある顔つきだが、その目はいたずらっ子のようにきらめいている。雄々しくて野性的な雰囲気を持ち、だがびっくりするほど人を惹きつける魅力にあふれている。

　これがゼウスだと、一目でわかった。

　ということは、その横にすわっている、美人だが見るからに気が強そうな女神が

ヘラに違いない。こんな奥さんがいるのに、浮気するなんて、ゼウスはある意味勇気があるんだなと、守は少し感心してしまった。

いやいや、そんなことよりハデスだ。ハデスはどこにいるんだろう？

目をさ迷わせた末、守はようやく、ひときわすばらしい細工がほどこされた玉座があることに気づいた。そこには、痩せた男がすわっていた。

物静かな学者のような雰囲気のある男だった。顔色が悪く、少し不健康そうで、笑ったことなど一度もないというような暗い顔つきをしている。だが、まなざしは思慮深く、無表情に見える顔には思いやりと気高さが垣間見える。

ハデスだと、守はうれしくて手をたたきそうになった。

だが、喜んだのもつかの間、守は首をかしげてしまった。

玉座にすわっているハデスの姿には、妙な違和感があった。ほかの輝かしい神々、特にゼウスとくらべると、ハデスは陰気で貧相で、見劣りがしてしまうのだ。影が薄く、存在感がない。本人もそれがわかっているのか、すばらしい玉座の上で、居心地が悪そうな顔をしている。

そんなハデスに、神々はどこかばかにしたようなまなざしを向けていた。

と、ハデスが口を開き、ぼそぼそとしたはりのない声で話しはじめた。

「この前の話しあいの続きをしなくてはならない。冥界の王を誰にするべきかを決めなくては。冥界で死者たちを治め、地獄タルタロスで罪人の魂を罰するのは、とても大事な役目だ。……誰か名乗り出てはくれまいか？」

頼みこむようなハデスの言葉にたいして、神々は黙りこんだままだった。

ハデスは小さくため息をついてから、ポセイドンのほうを向いた。

「ポセイドン……。力を貸してはくれないか？」

「お断りですな、兄上。」

ポセイドンは鐘のように響く声で答えた。

「わしの国は海だ。地の底まではとても手が回らない。」

「では……アポロンはどうだ？」

「正気で言っていますか？」

アポロンはせせら笑った。

「このぼく、輝く者という別名を持つポイボス・アポロンに、日の当たらない陰の王国を治めろと？　冗談じゃありません。ぼくは日の下でこそ輝けるんです。」

「兄さまと同じ理由で、わたしもお断りします。」

アポロンの隣にいる女神アルテミスが、きりりとした口調で言った。

「わたしは月の女神で、暗闇はわたしをより輝かせてくれるもの。ですが、冥界に行けば、大嫌いな男の亡者たちのことも治めなくてはならないでしょう？　そんなの、絶対にお断りです。」

その後も、ハデスはひとりひとりに声をかけていったが、冥界の王になることを受け入れてくれる神はいなかった。

と、戦の神アレスが吐き捨てるように言った。

「無駄ですよ、ハデスさま。誰も冥界なんか押しつけられたくはないんです。」

「だが、これは誰かがやらなくてはならないことで……。」

「ええ、ええ、それはわかっています。だから、あなたが冥界の王になればいい。」

びりりっと、その場に激しい緊張が走った。ハデスもさすがに険しい目つきとなって、アレスをにらみつけた。

だが、アレスは無礼な態度を崩さないまま、言葉を続けた。

「この際、はっきり言わせてもらいますが、おれはあなたを自分の王とは認めていないんですよ。あなたはそれなりに強いが、我々を一つにまとめるには力不足だ。」

「口をつつしめ、アレス。仮にも我々の王だぞ。」

「すみませんね、ポセイドンさま。でも、あなただって心の中では思っているはずだ。ねえ、ハデスさま。ここにいる我々は全員、あなたの命令にしたがう気になれないんですよ。ということで、その玉座をおれに渡してくれませんか？　少なくとも、おれがすわったほうがその玉座に見栄えがするでしょうよ。」

「きさま、ふざけるな！」

「そうだ。いい加減にしろ！」

怒鳴り声をあげたのはハデスではなく、アポロンとポセイドンだった。

「きさまのような暴れ者に、王が務まるはずがないだろう！　それだったら、このぼくのほうがふさわしい！」

「すっこんでいろ、若造！　きさまたちはどちらもひよっこにすぎん。もしあらたな王を据えるのであれば、ハデスの弟であるわしこそがそうなるべきだ。」

「あれえ？　ポセイドン伯父上は、海を治めるので精一杯だと言っていませんでしたかぁ？　それとも、天界を治められるなら、海のほうは手放してもいいってわけですかぁ？　くくく、そりゃまた野心まるだしですねえ。」

口をはさんできた酒の神ディオニソスに、ポセイドンは顔を真っ赤にして怒鳴った。

「茶化すな、ディオニソス！　酔っ払いは酒のことだけ考えていればいい！」

「ええ、そりゃないですよぉ。ぼくを崇めてくれる人間たちはたっくさんいるのにぃ。人気で言うなら、ぼくだって王に名乗りをあげられるはずですよぉ。」

「いや、それを言うなら、わたしにも資格があるだろう。」

筋骨もりもりの鍛冶の神へパイストスが、ふいに口を開いた。

「人間には職人が数多くいて、彼らはこぞってわたしを崇め、いけにえや供物を捧げてくれている。わたしこそが……。」

ちょっとと、ふいにとろけるような甘い声が割って入ってきた。愛と美の女神アプロディテが声をあげたのだ。

「考えるに、この世でもっとも大事なのは愛だと思いますわ。ならば、愛と美の女神であるわたしが、神々の王になってもよいのではなくて？」

「あら、それなら月の女神であるわたしにも権利はあるわね。暗闇を照らす月を、人々はそれは愛してくれているもの。」

「いや、ぼくのほうが信者は多い。伝令の神であるぼくのはしっこさを求めて、盗人たちはこぞって貢ぎ物をするんだ。人間が捧げてくれる黄金の重さで、王を決めるっていうのはどうだい？」

月の女神アルテミス、そして伝令の神ヘルメスまでもが名乗りをあげだし、その場は大混乱となった。

今やほとんどの神が怒り、お互いをののしりはじめていた。ハデスはみんなをなだめようとしていたが、まるで効果はなかった。

そんな中、知恵の女神アテナがゼウスにささやいた。

「我が父ゼウスよ。あなたが王になればよいのでは？　もし父上が王に名乗りをあげられるのであれば、わたしはそれを支持いたします。」

だが、ゼウスはにやりと笑って、首を横に振った。

「いや、アテナよ。それはできんな。わたしは自由でいたい。玉座に縛りつけられることなく、どこにでも好きなところに行きたいのだ。」

「そして、美しい乙女たちと恋を楽しみたいのでしょう？」

蛇のような目で、ヘラがゼウスをにらんだ。

「知っているんですよ。あなた、今はセメレという名の人間の小娘に夢中なんですってね？」

「え？　なんのことかな？」

「……んきいいいいいっ！」

とつぜん、ヘラは金切り声をあげ、ゼウスに飛びかかっていった。ゼウスは悲鳴をあげてヘラの爪をかわそうとし、アテナも必死にヘラを止めようとしたが、怒れる女神はまるで雌ライオンのように激しかった。そうしてとっくみあいの夫婦ゲン力をくりひろげはじめたゼウスとヘラに、もはや神としての威厳はなかった。

このひどいありさまに、ムーサのウーラニアーが憂鬱そうにつぶやいた。

「なんと見るにたえないありさまでしょうか。でも……こんなのはまだましかもしれません。この先、いったい、何が起こることやら。」

そう言われ、守はあわててブックを開いた。この先の物語がどうなっているかをたしかめるためだ。


「神々の戦い」

神々の住まい、オリュンポス山の山頂では、もっとも偉大な12人の神が集まって、話しあいをしていました。

神々の王ハデスは、この中の誰かに冥界をまかせたいと思っていました。ですが、地下深くにある王国になど行きたくないと、神々はいやがりました。それどころか、戦の神アレスが「神々の王には自分がなるから、冥界の王はハデスがなればいい。」とさえ、言いだしたのです。

その一言をきっかけに、神々は激しく言い争い、自分こそが神々の王にふさわしいと叫びはじめました。

話はまとまることがなく、ついには、戦が始まりました。自分を崇める人間たちをそれぞれ率いて、神々は激突したのです。

それはまさしく大戦でした。大地も川も海も、すべては血で赤く染まり、神々同士でも殺しあいました。

結局、この戦いによって、人間はひとり残らず滅びてしまいました。ほとんどの神も死に、生き残ったのはハデス、そして王座に興味を持たなかったゼウスだけでした。ゼウスの妻ヘラは助かりませんでした。彼女も、「ゼウスをつなぎとめるために、王座がほしい。」と、戦いに参加したからです。

失われた命を思い、ハデスは涙を流しました。そんなハデスを、ゼウスはなぐさめました。

「兄上、そう落ちこむな。我々の力で、また人間を生みだせばいい。そうすれば、あらたな神だって生まれてくることだろう。心配はいらないさ。すぐに地上は

命に満ちる。」

「何を言う！　新しく作ればいいというものではないのだぞ！　たとえ、新しい命を生みだそうと、失われたものがよみがえるわけではないではないか。」

怒るハデスに、ゼウスは腹を立てて、自分の雷の槍をへし折りました。

「わたしはよかれと思って言ったのに。いいでしょう。好きにすればいい。わたしはもう、いっさい兄上には手を貸しませんぞ。そうやって、ここでずっと涙を流して、過去を思いだしていればいい。」

そう吐き捨てて、ゼウスはどこかへ去っていきました。

こうして、ハデスだけが残されました。彼は荒れはててしまった地上をただただ見下ろしつづけました。

永遠に……。

「なるほど。そうなってしまうのか。」

うしろから響いてきた声に、守はびくっとして振り向いた。いつのまにかハデスが背後に立っており、真剣な表情でブックをのぞきこんでいた。彼の広い肩には、ムーサたちが腰かけていた。

驚きでかたまっている守に、ハデスが目を向けてきた。黒水晶のように深みのある目だった。

「そなたは未来を変える力を持っているそうだな。ムーサたちからそう聞いた。それならば、ぜひとも頼みたい。ここに書いてある未来を変えてくれ。こんなひどい結末は、絶対にあってはならない。」

物語の登場人物がじかに自分に話しかけてきた。その不思議さに、守はめまいを覚えながらも言葉を返した。

「ぼ、ぼくもそう思いますけど。で、でも、そうすると、あなたは冥界の王になってしまうんです。」

「かまわない。」

「ほえ？」

「それはまったくかまわない。わたしはもともと騒がしいのが好きではない。死者

たちに安らぎを、罪人たちに罰を与える役目は、きっと性に合っているだろう。」

「でも、せっかく神々の王になれたのに！」

「わたしの望みではない。」

ハデスの静かな言葉に、守は打ちのめされた気分になった。

いちばんえらい神になれたのに、ハデスは少しもうれしくなかったということか？

それは、自分の贈り物を突き返されるような衝撃だった。

青ざめている守の前で、ハデスは少し皮肉そうにきらびやかな玉座を見た。

「神々の王になって、よいことなど一つもなかった。わたしはもともと神々との付きあいが苦手だ。気が強く、傲慢な神々の相手をするのは、ひどく疲れるからな。冥界に行けば、静かに自分のために時間を使えることだろう。」

「…………」

「何より、人間たちを守ることがいちばんだ。このままでは彼らは滅びてしまうからな。神々のこんなくだらない争いで、彼らの命を散らすわけにはいかない。」

ハデスの言葉に、守は胸をえぐられた気がした。

理不尽に扱われているところが、自分と同じだと、勝手に親近感を覚えていたが、とんでもない。いつも誰かの幸せを考えているハデスと、自分の正しさを必死で守ろうとする守とでは、天と地ほども差があるではないか。

「……あなたは、すごく立派な神さまなんですね。」

「なに。わたしはただ人間が好きなだけさ。」

ハデスの青白い顔に、ほのかな笑みが浮かんだ。

「人間には、神にはない強さ、無限性があると思っている。何しろ、我々神は、決して後悔しないからな。」

「後悔しない……。」

「そうだ。我々は自分の望むままにふるまうが、それで幸せかというと、そういうわけでもない。それどころか、いつも不満だらけだ。」

そうかもしれないと、守は思った。

『ギリシャ神話』の中に出てくる神々は、いつもいらいらし、人間に怒り、あるい

は嫉妬したりしている。幸せな姿など、ほとんど見せないではないか。

「たしかに、そうですね。」

「ああ。だが、人間は違う。間違うこともあるが、それに気づいた時はそれを認め、正そうとする。その勇気を、わたしは買っているのだよ。自分にとっての正義は、必ずしも他者にとっての正義や正解ではない。それを学ばせてもらっている気がする。」

ハデスの言葉は、守の中にしみとおった。

間違えてもいい。それを正そうとすることが大事。

自分にとっての正義は、必ずしも他者にとっての正義や正解ではない。

右手はあいかわらずむずむずとした熱をおび、例の声なき声が「だまされるな！ほだされるでない！」と、やかましく叫んでいた。が、ハデスの言葉によって、それがすうっと薄れていく。

負けたと、しみじみした気持ちで守は思った。自分は決して間違えないという信念が、さらさらと崩れていくのを感じる。だが、いやな気分ではなく、むしろやっ

第７章　神々の王ハデス

とほっとできるような気がした。

「わかりました。それじゃ……直します。」

手に羽根ペンを持ち、守がブックを開いた時だ。

「だめよ！」

ふいに、空間を切り裂くようにして、少女が姿を現した。フランス人形のように整った顔に、フリルのついたワンピース姿。両手には包帯を巻いている。守をグライモン移動図書館にさそいこみ、ブックを渡してきた少女あめのだ。

守はぎょっとしたが、ムーサたちの驚きはそんなものではなかった。

「天邪鬼！」

「うそでしょ！　また出た！」

「しっ！　あっちにお行き！　しっ！」

「ちょっと。人をゴキブリが出たみたいに言わないでよ。それに、その呼び方、やめてよね。どうせなら、あめのって呼んでよ。そっちのほうがかわいいし。」

「あ、天邪鬼の名前など、口にするのもけがらわしいです！」

「あらそ？　だったら、ちょっと黙ってて。さもないと……あなたたちにもキスするわよ？」

にたりと笑うあめのに、ムーサたちは恐れおののいたように口をつぐんだ。

「いいわ。やっと静かになった。さて、守君。」

守のほうを向いたあめのの声が、ぐっと甘くなった。

「だめじゃないの。せっかくみごとに『ギリシャ神話』を書き直してくれたっていうのに。グライモンさまも、それはもう喜んでいらっしゃるのよ。あなたのおかげで、たっぷり食材が手に入ったって。」

「グライモン……。」

その名を聞くと、守の右手はまたむずがゆくなった。

「そう。グライモンさまよ。ここまでずっと、あなたの心によりそってくださっていたのよ。自分の正義を信じろって、教えてくださったでしょ？　あなただって、ちゃんとわかっているはずよ。なのに、たかだかキャラクターひとりの言葉で、すべてをだいなしにするつもり？」

「で、でも……ぼくは、やっぱり、このままじゃいけないって……。」

「だからと言って、元どおりにすることなんてない。あなたの手で、もっともっとすてきな物語にしていけばいいだけのことよ。グライモンさまもおっしゃっていたわよ。守には才能があるって。もっともっと伸ばすべきだって。」

あめのの声には、力があふれていた。守の心をゆさぶる誘惑の力だ。

ぐらぐらと、音を立てて気持ちがゆれた。

ついさっきまで、物語を元どおりにしようと決めていたのに、やりたくない気持ちがこみあげてくる。ハデスの言葉を思いだして、踏みとどまりたいと思うのに、右手がかゆくて集中できない。ああ、かゆい。

無意識に右手をかきむしる守に、ムーサたちが飛びついてきた。

「しっかり、守！」

「天邪鬼のささやきに負けないでください！」

「何が正しいか、もうあなたはわかっているはずですよ！」

ちっと、あめのが舌打ちした。

「うざったいわね。ちょっと、あんたたち、邪魔しないでよ。」

ぱっと、あめのが取りだしたのは、よくあるおもちゃの水鉄砲だった。だが、そこにつめてあるのは、ねとねとと重たげな灰色の液体だった。

「やだ！　またグライモンのよだれだわ！」

「信じられない！　な、なんてものを！」

「ふふ。グライモンさまからいただいたの。わたしはこのとおり怪我しているし、にっくきストーリーマスターどもには、こういう武器がいちばん効果的だからって。ああ、いつかはアンデルセンにも使いたいわね。ま、それはともかくとして、そら、どきなさい！　それとも、これをおみまいされたい？」

あめのに水鉄砲を向けられ、ムーサたちは大あわてで守から飛び離れた。

「そう。それでいいのよ。さ、守君、わたしと一緒に行きましょう。物語を好き勝手に作りかえるって、正直、楽しかったでしょ？　でも、こんなのはまだ序の口。グライモンさまのところに行けば、もっと自由にいろいろなことができるわよ。だって、〝力〟を持つことができるんだから。」

「……〝力〟を、持つ。」

「そうよ。」

あめの声にいっそう熱がこもった。

「考えてもみてよ。現実世界では自分の思いどおりになんか、何一つできなかったでしょ？　なぜなら、あなたは無力だったから。学校で〝力〟を持っていたのは、あのいじわるな松下先生だったから。でも、ここでは逆。あなたが先生の立場になって、好き勝手できる。それって、すごくすてきなことでしょ？」

松下先生！

その名前に、守は冷たい水をあびせられた気がした。頭の中の熱いもやが取りはらわれ、右手のかゆみすらも吹き飛んだ。

松下先生みたいになる？　ねちっこくて、ささいなことで恨みをひきずり、弱い子どもをいたぶる先生みたいになる？　いやだ。それだけは絶対にいやだ。

ここで、守は本当の意味で目が覚めた。

考えてみれば、今まで自分が『ギリシャ神話』にしてきたことは、松下先生のやり方そのものだ。自分は正しいと思いこみ、一方的に相手を攻撃する。ああ、いちばん嫌いな人間と同じことをしていたなんて。

恥ずかしさと後悔に、守は耳まで赤くなった。

そんな守の変化に、あめのは敏感に気づき、顔をゆがめた。そうすると、きれいだった顔が信じられないほどみにくくなった。

「わたしとしたことが……どうやら説得する言葉を間違えたみたいね。……どうしても物語を元どおりにするつもりなのかしら？」

「そ、そうだよ！　ぼ、ぼくはもう、そっちの思いどおりにはならない！」

声をはりあげる守に、ムーサたちが拍手を送ってきた。ハデスもだ。

「すばらしいわ、守！」

「その調子で、どんどん言い返してやるのよ！」

「みごとだ。少年、そなたは英雄の魂を持っているぞ。」

これに、あめのは腹を立てたようだ。

「だから、うるさいって言ってんのよ！　もういいわ！　まとめて消してやる！」

ばしゅばしゅっと、あめのが水鉄砲を発射してきた。灰色の液体がムーサたちとハデスに向かっていくのが、やたらゆっくりと守には見えた。

「だめだ！」

あれはムーサたちにもハデスにも、命取りになる。

それを肌で感じ、守はとっさに前に飛びだして、自分の体でみんなをかばった。

その直後、べっとりと、生あたたかくて生ぐさいものが体にぶちあたるのを感じた。

「お、おえええええっ！　気持ち悪！」

「守！　守、上を脱いで！」

「肌にはそんなについていてないわ！　ほら、ふいて！　大丈夫よ！」

言われたとおり、守はトレーナーを脱ぎ捨てた。首筋についたよだれは、急いで袖でふきとった。

そんな守に、あめのはさらに水鉄砲を向けてきた。だが、びくんと、その体がひきつった。そのまま、ぶつぶつと独り言を言いだしたのだ。

「え？　戻ってこい？　オーブンからネメアの獅子の丸焼きを引っぱりだそうとしたら、腰が抜けたって……グライモンさまったら、体が元どおりになるまで、調理はやめたほうがいいって、あれほど言ったじゃありませんか！　え？　どうしても待てなかった？　で、でも、今いいところで……。いえ、ブックはもう……。そのかわり、子どものほうによだれをつけて……。わかりました……。戻ります。」

ぷくっと、頰をふくらませながら、あめのはかまえていた水鉄砲をおろした。

「残念だけど、ここらで退散させていただくわ。グライモンさまから呼びだされてしまったから。でも、これで終わりじゃないわ。……よく覚えておいてね、守。」

意味深にウィンクをしたあと、あめのはさっと姿を消した。

危機は去ったのだと、守はほっとした。そんな守に、ムーサたちがセミのようにはりついてきた。

「守〜！　あなた、最高です！」

「よく守ってくれました！　あなたのこと、ろくでもない悪童だとばかり思っていましたが、見直しました！」

「はいはい。もういいよ。そんなお礼言わないでいいから。そんなことより、早く物語を直してほしいんでしょ？」

「あ、そうでした！」

「早くやって！　早く！」

「うん。」

守は改めてブックを持ちなおし、ハデスのほうを見てささやいた。

「それじゃ、あなたを冥界の王にするけれど……かわりに、誰をあの玉座にすわらせたらいいと思いますか？」

「ゼウスがいいと思う。」

迷うことなく、ハデスは答えた。

「ゼウスは浮気者で、うぬぼれが強く、あちこちで騒ぎを引き起こすどうしようもない神だ。だが、そんな好き勝手が許されてしまうような魅力の持ち主だ。純粋に強いしな。あれが王になれば、ほかの神々はしたがうだろう。」

「………」

「ん？　どうしたのだ？」

「いえ……。結局、物語は元の姿がいちばんなんだなって思って。あと、ぼく、ばかだったなと思って。」

うなだれる守の頭を、ハデスがやさしくなでてきた。

「くわしい事情はわからないが、ちゃんとあやまちを悔いることができたようだな。えらいぞ。……ああ、そうだ。わたしも、自分の発言を取り消すとしよう。」

「え？」

「今思いだした。さっきは、神々の王になってよいことなどなかったと言ったが、1つだけあったのだ。こうして青く澄んだ空の上から、地上を見下ろせたことだ。あらゆるものを見ることができ、それらはとても美しかった。」

「それじゃ……満足してますか？」

「ああ、とても。」

胸があたたかくなり、守は小さな声で「ありがとう。」とつぶやいた。

もうわかっている。自分がさんざん間違いをやらかしたと。でも、その間違いの中で、１つだけ、大好きなキャラを満足させることができたのだ。

なんだか救われた気持ちになりながら、守は「『ギリシャ神話』の理不尽」と、ブックに書きこんだ。

それが、自分がこの物語から欠けさせてしまったものだったから。

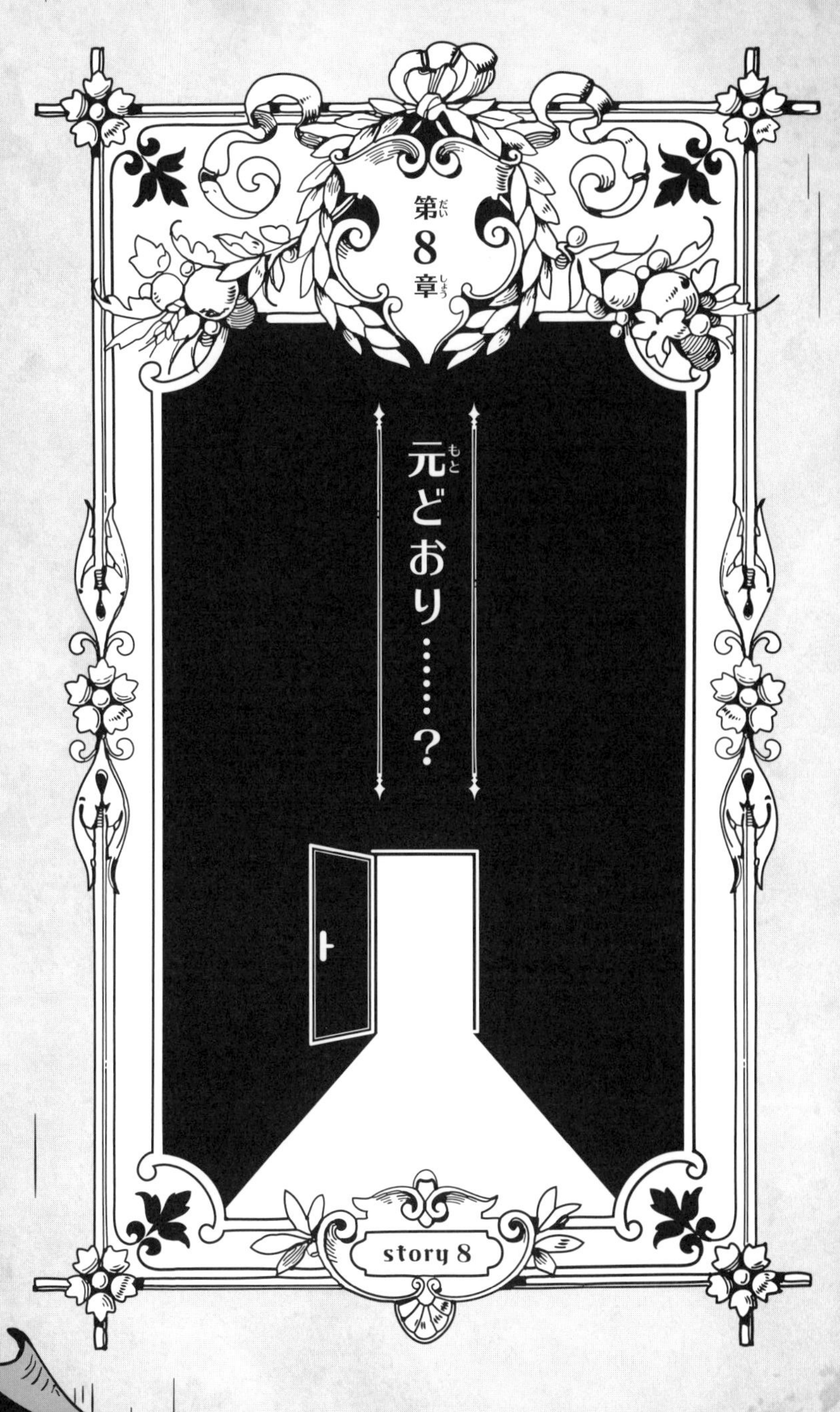
第8章
元どおり……？
story 8

その瞬間、ハデスは消えた。怒りとわめき声に満ちていた広間もだ。かわりに、ブックのページには、挿絵が1枚、浮かびあがっていた。それは12人の神々の絵だった。広間に集まり、玉座にすわっているゼウスにあいさつをしている。

ハデスもいた。いちばんすみのほうに影のように立っているが、その顔に不満は見られない。

物語があるべき姿に戻ったのだと、守は初めて実感した。

「よくやった！」

しわがれた声に、守は顔をあげた。

守とムーサたちはふたたび世界の図書館に戻ってきていた。そして、目の前にはあの老いぼれ猫のイッテンがいて、満足そうにのどをごろごろと鳴らしていた。

第8章　元どおり……？

「よくやったな、守よ。きちんとなしとげたのじゃな。うむ。上出来！」

「大変でしたのよ、イッテン殿！」

「本当に！　こんなに骨の折れることは、ここ500年、なかったことですわ！」

「この守ときたら、ダイヤモンドよりもがんこなんだもの。ヒヤヒヤしたわよ！でも、すごく勇敢でもあったのよ！」

「ええ、そのとおりです。わたしたちのことを天邪鬼からかばってくれたのです。あれはほれぼれするほどかっこよかったですわ！」

「これこれ、そうまくしたててくれるな。うむ。そうか。やはりたいした子であったようじゃな。ああ、そうそう。よい知らせがあるぞ。桃仙翁の薬が届いたのじゃ。それを飲めば、寝ついておるムーサたちもすぐに元気になろう。『白絹の間』に置いておいたから、おぬしらの手で持っていってやるがよい。」

「まあ、お薬が？　それはありがたいですわ！」

「すぐに届けるとします！」

ムーサたちはいっせいに飛び去っていった。

それを見送ったあと、イッテンは守のほうを見た。イッテンの金色の目は、今はとてもおだやかだった。

「では、おぬしを家に帰そう。まだ何かやり残したことはあるかえ、守？」

「ううん。何もないよ。」

「そうか。……よい顔つきになったな、守。うむ。おぬしはもう大丈夫じゃ。」

やさしく言ったあと、イッテンは守の肩に飛び乗り、その頬をひとなめした。

ざりっと、ヤスリをあてられるような感触に、守はひるんで身をのけぞらせた。

「いたっ！　やめてよ！」

だが、イッテンを押しのけようとした手は、空を切った。

守はひとりで、自分の部屋に立っていたのだ。

戻ってきた。ここはもう、慣れ親しんだ自分の世界だ。

だが、不思議なことに、部屋の中が前と変わっているように思えた。『ギリシャ神話』のブックが見当たらないから？　いや、そうではない。檻の中に閉じこめられているような息苦しさを感じないのだ。

第8章　元どおり……？

すごく自由になった気分を味わいながら、守は改めてギリシャ神話ワールドで体験したことを思い浮かべていった。とりわけ、ハデスの言葉は何度も胸によみがえってきた。

「間違いを認めて、正せるのは人間だけ……。ぼくにとっての正義は、ほかの人の正義や正解じゃない……。松下先生にとっては、ぼくが悪者なんだろうな。で、先生と同じようにぼくをいじめるのが、クラスの子たちの正義なんだ、きっと。」

あの人たちは、守をいじめているなどとは思っていないかもしれない。悪者に罰を与えているだけだと、そう思っているのかもしれない。

なんとなくだが、理解はできた。

では、どうする？　どうしたら正せる？

「……お父さんたちに、話そう。学校でどんな目にあったか、どうしてそうなったか、全部話すんだ。」

話せば、ふたりが力になってくれるだろうことは、ずっと前からわかっていた。

だが、それだけはいやだと、ずっと避けてきた。恥ずかしかったからだ。

自分がいじめられていることを認めるのもいやだったし、親に言いつけるというのは卑怯な気もした。自分の力で解決しなければという、妙なプライドもあった。

だが、『ギリシャ神話』の英雄たちは、冒険や試練をやりとげるため、誰かの助けをいつもありがたく受けとっていたではないか。あれを見習おう。困った時に助けを求めるのは、恥ずかしいことではないのだから。

「お父さんたちはきっと力になってくれる。」

冒険に挑みに行く英雄のように気持ちをふるいたたせ、守はお父さんたちに話をしに行くために、部屋のドアを開けはなった。

数日後、守は町の図書館にいた。手にあるのは、『ギリシャ神話』の本だ。最後のページまでしっかり読み終わり、守はほっとしながら本を閉じた。

「うん。おもしろかった。」

世界の図書館から戻ったあの日、守はすべてを両親に打ち明けた。

今の学校には居場所がない。授業の進む速度も自分に合わないし、先生にもクラ

第8章　元どおり……？

スメートたちにも憎まれてしまっている。だから、自分の能力を伸ばせる場所に行きたい。それがだめなら、家で勉強させてほしい。

話すうちに、ぼろぼろ涙がこぼれたが、気分はすっきりした。何よりうれしかったのは、お父さんとお母さんが守のために怒ってくれたことだ。

「つまり守は全然悪くないってことじゃないか！　とんでもない先生だ！　月曜日になったら、すぐに学校に電話する！」

「ほんと許せない！　クラスの子たちの親にも連絡するわ。特に岳斗君！　守と友だちだったくせに、なんなのよ！」

怒り狂うふたりの姿に、守はむしろ落ちついた気持ちになった。

誰かが、自分のために本気で怒ってくれる。ああ、自分はずっとこうしてもらいたかったんだ。

だから、守は言った。

「電話なんかしなくていいよ。もう先生とも岳斗たちとも関わりたくないんだ。顔も見たくないし。あやまってきても、許せる気がしないし。」

だいたい、松下先生が本当に反省するとは思えなかった。親が騒いできたから、面倒になって、しぶしぶ「悪かったわね。」とあやまるくらいだろう。

そんなものはいらない。

守の言葉に、両親はしばらく考えこんだあと、うなずいた。

「わかった。おまえの希望どおりになるように、おれたちもがんばるよ。」

「あとはわたしたちにまかせておいて。あの学校には二度と戻らなくていいわ。これからのことは、じっくり考えていこうね。」

「ありがと、お父さん、お母さん。」

肩にのしかかっていた重荷がぽんと消えたように、守は楽になるのを感じた。

こうして家は檻ではなくなり、守は時間に関係なく、外に出られるようになった。同級生に道で出くわすのも、もうこわくない。

だから、今日は図書館に来たのだ。どうしても、『ギリシャ神話』がどうなっているかをたしかめたかったから。

物語の中では、何もかもが元どおりになっていた。メデューサは怪物で、メディア王女は残酷で、英雄ヘラクレスは冒険三昧で、神々は傲慢で。

やっぱりイラッとくるし、理不尽だと思うことが多い。

だが、守はもうわかっていた。

理不尽に満ちているけれど、それはこの『ギリシャ神話』の中では必要なのだ。物語を進めていく重要なスパイスでありカギなのだ。

おかげで、どのお話もおもしろいものになっている。だからこそ、何千年も伝えられてきたのだ。そして、この先もずっと続いていくに違いない。

「わくわくするって……大事なんだよな。」

そして、守の冒険はこれからだ。英雄ヘラクレスのように、いろいろと予想外のことが起きるかもしれないけれど、ちょっとわくわくする。

「いつか、『守の大冒険』って物語になるかもしれないな。」

くすりと笑いながら、守は『ギリシャ神話』を元の本棚に戻そうとした。

その時だ。にゅっと、本棚から大きな手が伸びてきて、守の手首をがっちりとつかんだ。

「ひっ！」

守は心臓が止まりそうになった。

自分をつかまえた手は、本と本のすき間からはえていた。さらに、そのすき間には、ぎょろりとした目が2つ、ぎらついていたのだ。

「逃がさぬよ。おぬしは予のものじゃ、守。」

悲鳴をあげるすきも与えられず、守はすき間に引きずりこまれた。

secret
魔王グライモンの秘密

うむ。今回はいつになく大成功であったわ。あめのが「キーパーツではなく、ブックをまるごと盗んでしまいましょう。」と言った時は、さすがに驚いたがの。いやまったく、予のよだれをペンにつめて、子どもに使わせるなど、あの天邪鬼はじつに奇抜な発想を持っておる。

そう。予のよだれは特別なのじゃ。

いつも世界の図書館に忍びこむと、予はお目当ての本のページをなめあげる。そうすると、物語からキーパーツが盗みだされ、我が暴食城の台所に食材として運ばれるのだ。

そういう意味で、あの守という子はよくやってくれた。次から次へと、食材が現れるものだから、予は笑いが止まらぬほどであったぞ。

メデューサの蛇サラダ、メディアの冷酷パスタ、ゼウスのキングプディング。

ことに、ヘラクレスの英雄フルコース。あれはじつにすばらしかった。おかげで、ひさしぶりに、胃袋がはちきれそうだ。罰の呪いを受けて、ひどい目にあいはしたが、その価値はあったぞよ。

ま、それはともかくとして、予は今回、おおいに学んだわけだ。人間の子どもはあんがい手駒として使えるとな。そう学んだ以上、どうしてあの守を手放せようか。

予はグライモン。貪欲の魔王。くくく。守にはこれからも予のために働いてもらうとしよう。

さて、次はどの物語をねらうとするかな。

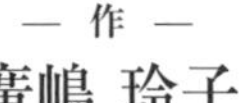

— 作 —

廣嶋 玲子

ひろしまれいこ／神奈川県生まれ。「水妖の森」で第4回ジュニア冒険小説大賞受賞、『狐霊の檻』（小峰書店）で第34回うつのみやこども賞受賞。代表作に「ふしぎ駄菓子屋　銭天堂」（偕成社）、「十年屋」（静山社）、「妖怪の子預かります」（東京創元社）、「怪奇漢方桃印」（講談社）などのシリーズがある。

「子どものころ、『星のオルフェウス』というアニメがきっかけで、ギリシャ神話にはまりました。もう夢中で読みふけり、物語にあふれる冒険や怪物にどきどきしました。昔から、不思議な生きものやアイテムにひきつけられる性格だったということですね。」

— 絵 —

江口 夏実

えぐちなつみ／東京都生まれ。「非日常的な何気ない話」で第57回ちばてつや賞一般部門佳作を受賞。2011年より「モーニング」で連載していた『鬼灯の冷徹』（講談社）が第52回星雲賞コミック部門受賞。現在『出禁のモグラ』（講談社）を「モーニング」にて連載中。

「ギリシャ神話は頭からすべて読んだわけではないのですが、いつしか内容を知っていました。そこがギリシャ神話のすごい所です。各所で元ネタを知る時は、いつもおもしろいです。」

いただいたお手紙・おはがきは個人情報を含め、
著者にお渡しいたしますのでご了承ください。

この作品の感想や著者へのメッセージ、本や図書館にまつわるエピソード、またグライモンに食べてほしい名作……などがあったら、右のQRコードから送ってくださいね！今後の作品の参考にさせていただきます。いただいた個人情報は著者に渡すことがありますので、ご了承ください。

図書館版 ふしぎな図書館とてごわい神話
ストーリーマスターズ④

2023年9月12日　第1刷発行

作　廣嶋玲子
絵　江口夏実
装幀　小林朋子
発行者　森田浩章
発行所　株式会社　講談社
〒112-8001 東京都文京区音羽 2-12-21
電話　編集 03-5395-3592　販売 03-5395-3625　業務 03-5395-3615

KODANSHA

印刷所　大日本印刷株式会社
製本所　大口製本印刷株式会社
データ制作　講談社デジタル製作

N.D.C.913 158p 19cm ©Reiko Hiroshima/Natsumi Eguchi 2023 Printed in Japan
ISBN978-4-06-533275-7

この作品は、書き下ろしです。定価は表紙に表示してあります。

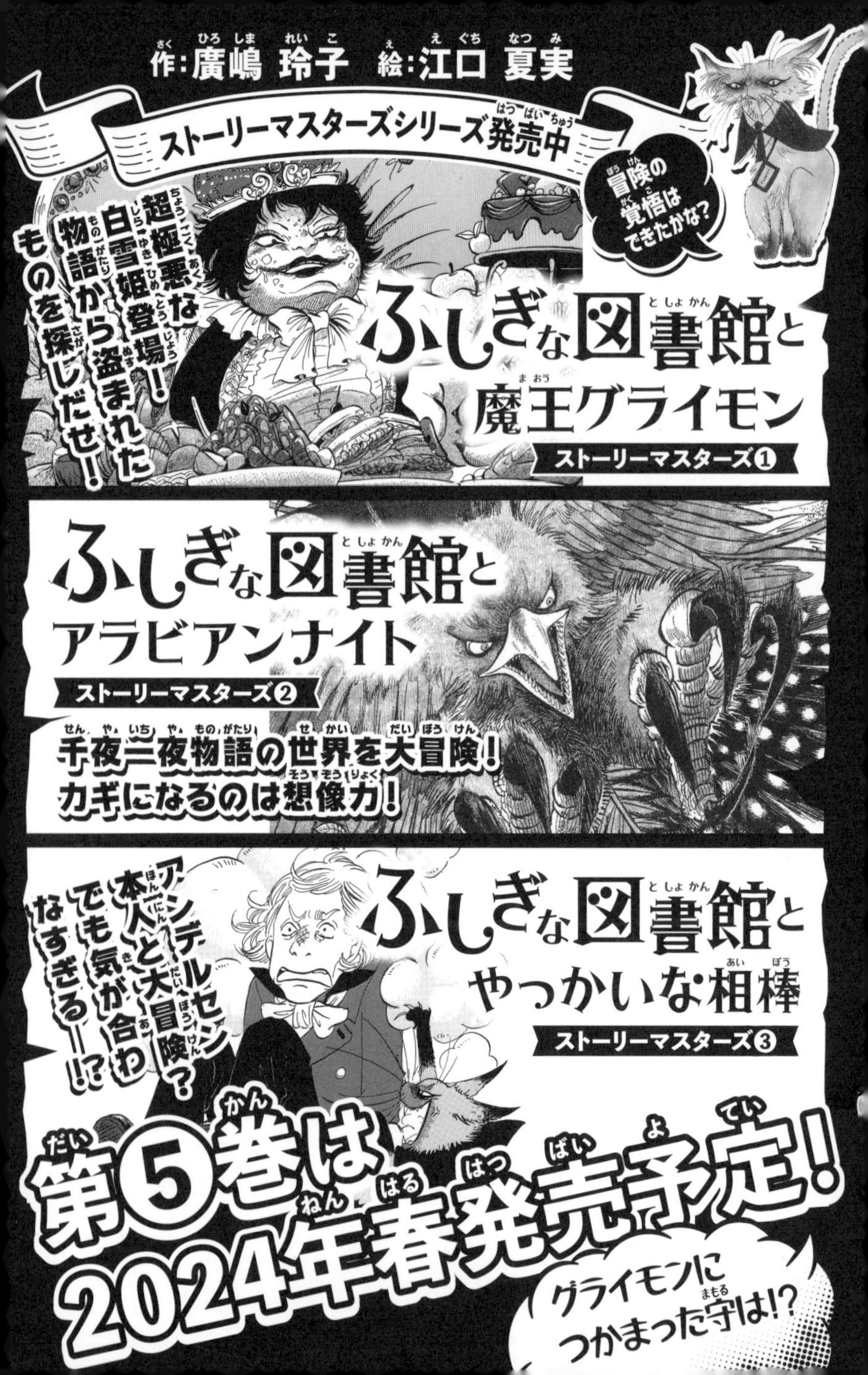